Über das Buch Der Kunst des Aquarells ist Manfred Hausmanns Schilderung des Stromes und der Weserlandschaft bei Bremen zu vergleichen. In die so erfaßten Stimmungen zeichnet er mit starkem Strich seine Gestalten, seine Charaktere und ihr oft unerwartet schroffes Handeln gleichsam hinein. Ein Mädchen, Silke Spreckelsen, wird, als es sich in seiner jugendlich unerfahrenen Verliebtheit getäuscht sieht, zur Mörderin. An einem Bootsausflug auf der Weser mit ihren Eltern nehmen auch ihr Bruder, ihr Chef bei ihrem Zeitungsvolontariat, der nihilistische Zyniker Dr. Block, und der Ich-Erzähler, der verteidigungsbereite Rechtsanwalt Dr. Schleef, teil. Silke merkt bei dieser Gelegenheit, daß der von ihr geliebte Mann den Flirt mit ihrer Mutter sucht. Die ›Nausikaa‹ läuft auf und sinkt. Dr. Block taucht noch einmal in die Kajüte hinab, Silke versperrt ihm voll Eifersucht die Ausgänge, er ertrinkt. Der Anwalt durchschaut als einziger die von den anderen als Unfall angesehene Tat. Silke versucht ihr Schuldgefühl zu verdrängen, indem sie sich gehen und treiben läßt. Dr. Schleef, der das Mädchen liebt, bemüht sich, sie zur Einsicht und Sühne zu bewegen. Ein Zufall ermöglicht Silke diesen Schritt.

Der Autor Manfred Hausmann wurde 1898 in Kassel geboren. Das Gymnasium besuchte er in Göttingen, nahm am Ersten Weltkrieg teil, studierte Philologie und arbeitete als Dramaturg, Kaufmann und Journalist. Hausmann wohnte längere Zeit in dem Künstlerdorf Worpswede, seit 1950 als freier Schriftsteller in Rönnebeck bei Bremen, wo er am 6. August 1986 starb. Seine Dichtung umfaßt Lyrik, Romane, Bühnenwerke, Essays und Nachdichtungen griechischer, japanischer und chinesischer Gedichte.
Als Fischer Taschenbücher liegen vor: ›Abel mit der Mundharmonika‹ (Bd. 5336), ›Liebende leben von der Vergebung‹ (Bd. 5337), ›Salut gen Himmel‹ (Bd. 5338), ›Lampioon‹ (Bd. 5487), ›Kleine Liebe zu Amerika‹ (Bd. 8016), ›Abschied von der Jugend‹ (Bd. 9216).

Manfred Hausmann

Stern im dunklen Strom

Ein Roman

Fischer Taschenbuch Verlag

Die Erstausgabe erschien unter dem Titel
›Kleiner Stern im dunklen Strom‹
1963 im S. Fischer Verlag, Frankfurt am Main

Vom Autor durchgesehene Ausgabe
Veröffentlicht im Fischer Taschenbuch Verlag GmbH,
Frankfurt am Main, August 1988

Lizenzausgabe mit freundlicher Genehmigung
der S. Fischer Verlags GmbH, Frankfurt am Main
© S. Fischer Verlag, Frankfurt am Main 1963
Umschlaggestaltung: Buchholz/Hinsch/Hensinger
unter Verwendung einer Illustration von Barbara Brenner
Druck und Bindung: Clausen & Bosse, Leck
Printed in Germany
ISBN 3-596-29215-8

I

Als ich mit leise knirschenden Reifen in den Eichenschatten des Königskamps einbog, erkannte ich Silke Sprekkelsen vor der Einfahrt, die zum Hause ihrer Eltern führte. Sie hockte vornübergebeugt auf dem Sattel ihres Rades, hatte die Unterarme auf den Lenker gelegt und den rechten Fuß auf das äußere Pedal gestellt. So spähte sie die Straße entlang. Obwohl ich ganz langsam an ihr vorbeifuhr, bemerkte sie mich nicht. Ich bremste, setzte den Wagen so weit zurück, daß ich mich wieder neben ihr befand, und drehte die Scheibe herunter.
»Tag, Fräulein Silke! Segeln Sie denn nicht mit?«
Ihre Kleidung zeichnete sich nicht eben durch Adrettheit aus. Die kurze Hose, die einmal dunkelgrün gewesen sein mochte, konnte es jedenfalls, was die Ölflecke betraf, mit jeder Schlosserhose aufnehmen. Und das zitronengelbe, mit komischen Tieren bedruckte Blüschen war so eingelaufen, daß zwischen ihm und der Hose ein handbreiter Streifen des bräunlichen Körpers freiblieb. Durch die sorglose Art seines Schnittes verhüllte es die kleinen Brüste zwar, gab sie aber gleichzeitig auf eine verlockende Weise preis. Vielleicht war die Wirkung unbeabsichtigt, vielleicht auch nicht. Und vielleicht lag in diesem Vielleicht der eigentliche Pfiff.
Nachdem sie mich eine Weile mit finsteren Augen durch die Wirrnis der halblangen Haare betrachtet hatte, die der Wind vor ihr Gesicht wehte, sagte sie, ohne sich aufzurichten, sie komme gleich nach, ihre Eltern und Torsten seien schon zum Hafen gefahren.
»Darf ich Sie mitnehmen?«
Ihre Antwort bestand aus einem unwilligen Atemstoß, als hätte ich ihr etwas Ehrenrühriges zugemutet. Dann

schüttelte sie die Haare zur Seite und wandte ihre Aufmerksamkeit wieder der Straße zu.
Natürlich hätte ich weiterfahren sollen. Aber ich machte keine Anstalten. Auch in einem vierunddreißigjährigen Rechtsanwalt gehen Dinge vor, die sich seiner Einsicht entziehen.
»Wen hat Ihr Vater denn sonst noch eingeladen?«
»Weiß nicht. – Doktor Block.«
»Und weiter?«
Ihre Schultern hoben sich ein bißchen und sanken wieder zurück.
»Doktor Block?« sagte ich. »Ist das der Block, der die Wirtschaftsredaktion des ›Bremer Anzeigers‹ leitet?«
»Mm.«
Sie würdigte mich, während sie ihre kargen Antworten gab, keines Blickes. Ihr Mund war nachlässig geschminkt. Das ins Violette spielende Rot überreifer Himbeeren, das sie gewählt hatte, vertrug sich nicht recht mit dem Nußbraun des Gesichtes und dem irischen Blau der Augen, aber es widersprach ihnen auch nicht geradezu. Ich merkte, daß die spontane Zusammenstellung einen Einfluß auf mich ausübte. Im allgemeinen bin ich für dergleichen nicht empfänglich, aber diese Zusammenstellung übte einen Einfluß auf mich aus. Oder lag es an den Sonnenkringeln, die über ihr Gesicht glitten? Der Wind hielt die Eichenwipfel in Bewegung.
»So«, sagte ich, »dann ist Doktor Block wohl augenblicklich Ihr zeitungswissenschaftlicher Herr und Meister?«
»Warum?«
»Sonst würde Ihr Vater ihn doch nicht eingeladen haben.«
Wieder erfolgte ein unwilliger Atemstoß.
Meine Hand spielte mit der Fensterkurbel. Ich überlegte, was ich noch fragen könne. »Welche Abteilungen

haben Sie denn schon hinter sich gebracht beim ›Anzeiger‹? Waren Sie nicht zuerst im Lokalen Teil?«
»Abteilungen? Ressorts heißt das.«
»Entschuldigen Sie! Welches Ressorts haben Sie denn schon hinter sich gebracht?«
»Lokales und Feuilleton.«
»Sind Sie die einzige... Ich möchte Ihren Zorn nicht wieder erregen. Wie bezeichnen Sie Ihren Stand?«
»Redaktionsvolontärin.«
»Sind Sie die einzige Redaktionsvolontärin?«
»Da springen noch zwei spätgärige Jünglinge herum.«
»Daß Sie zu so etwas Lust verspüren, Fräulein Silke! Wenn ich mir ausmale...«
»Mein Daumen liegt am Puls der Zeit. Bitte sehr!«
»Aha. Am Puls der Zeit. Ich habe zum Beispiel Ihren Bericht über das Jubiläumskonzert des Mandolinenklubs ›Einigkeit‹ gelesen.«
»Alle Großen haben klein angefangen.«
»Ein beherzigenswerter Satz.«
»Danke.« Die Klingel an ihrem Rad machte ärgerlich ring rong.
»Und jetzt arbeiten Sie unter Doktor Block?«
»Wie bereits erwähnt.«
Warum fuhr ich nicht weiter? Ich zuckte mit dem linken Augenwinkel, berührte mit dem Ringfinger meine Nasenwurzel und blieb, wo ich war. »Eigentlich stelle ich mir die Arbeit in einer Wirtschaftsredaktion ziemlich trocken vor. Wenigstens für eine junge Dame.«
»Rechtsanwalterei ist auch nicht gerade berauschend.«
»Für eine junge Dame gewiß nicht. Aber ich bin ja ein Mann.«
»Ich finde die Wirtschaft sehr interessant. Gerade meine Kragenweite.«
»Die Wirtschaft oder Doktor Block?«
»Sie haben wohl einen Scherzartikel verschluckt?« Sie

stemmte sich hoch, ihr rechter Fuß trat zu, der linke wartete auf das steigende Pedal und trat dann gleichfalls zu. So surrte sie davon. Ohne Gruß.
Die Linden, die vor dem Spreckelsenschen Haus standen, atmeten ihren warmen Duft durch die Kühle des Eichenschattens.
Ich faßte nach dem Lenkrad, schaltete und fuhr an.

II

Ich wußte nicht recht, ob die Einladung zum Mitsegeln auf der ›Nausikaa‹, die Alwin Spreckelsen, der Inhaber der Tauwerkfabrik August Spreckelsen und Sohn, Bremen-Aumund, mir hatte zukommen lassen, meinen seglerischen oder meinen juristischen Fähigkeiten galt. Die seglerischen hielten sich jedenfalls in Grenzen. Mit der luggergetakelten Jolle, die ich auf der Lesum liegen hatte, wurde ich ganz gut fertig. Aber was war eine Jolle gegen eine Hochseejacht mit hundertzwanzig Quadratmetern Segelfläche! Herr Spreckelsen beabsichtigte, sofern das Wetter es irgend erlaubte, übers Wochenende nach dem kleinen Fischerhafen Fedderwardersiel an der Butjadinger Küste zu segeln. Da die ›Nausikaa‹ nur einen angedeuteten Kiel und ein Schwert hatte, das sich hochziehen ließ, eignete sie sich besonders für das Kreuzen auf dem Watt mit seinen Sänden und Tiefs. Ich nahm mir vor, meinen Mann zu stehen, mochte kommen, was wollte. Es konnte natürlich auch sein, daß Herr Spreckelsen gar keine seemännische Leistung von mir erwartete, ihm war vielleicht nur daran gelegen, in Erfahrung zu bringen, aus was für einem Holz sein Rechtsanwalt eigentlich gemacht sei, dem er neuerdings die eine und andere Sache anvertraut und aus diesem Anlaß auch sein

Haus geöffnet hatte. Und das kann man nirgends besser als auf einer Jacht. Ein Mensch mag an Land noch so gewandt auftreten, weil er durch eine gute Schule gegangen ist, an Bord hilft es ihm nicht viel, denn er hat es hier mit den unbeirrbaren Elementen, mit dem Wasser und dem Wind, zu tun und mit den nüchternen Einrichtungen des Schiffes, die keine angelernte, sondern nur eine eigene, wahre und verantwortliche Aufführung gelten lassen, im Großen wie im Kleinen. Wenn ich die Prüfung bestand, der mich – nicht Herr Spreckelsen, sondern die Jacht im Beisein von Herrn Spreckelsen unterziehen würde, durfte ich damit rechnen, daß die Tauwerkfabrik späterhin keine Bedenken haben werde, sich auch bei bedeutenderen Anlässen meines Rates zu bedienen.

Linker Hand schimmerte die Weser auf, graublau unter einem blauen Augusthimmel, an dem sich da und dort eine leichte Verschleierung zeigte. Ein weißer Frachter aus Israel mit sieben goldenen Sternen am Schornstein glitt, eine schneeige Bugwelle vor sich herschiebend, stromabwärts. Ich bog links ein. An der Schmalseite des kleinen Blumenthaler Hafens bremste ich und stieg aus. Einen Steinwurf vor der Landzunge zwischen der Weser und dem Hafenbecken ruckte die ›Nausikaa‹ in den Sogwellen des Israeli an ihrer Vertäuung. Die Gestalt, die sich am Vorstag aufrichtete und zu mir herüberwinkte, war Herr Spreckelsen. Als ich zurückwinkte, zeigte er auf den Kiesberg, der neben dem Kran auf dem Bollwerk lag. Zuerst begriff ich nicht, was er meinte, aber dann sah ich, daß hinter dem Kiesberg eine Limousine stand. Torsten Spreckelsen mühte sich ab, einen prallen Seesack in das Beiboot der ›Nausikaa‹ zu schaffen, das am Fuß der Treppe auf dem schmutzigen Hafenwasser schaukelte. Ich ging hin, begrüßte ihn und griff zu.

»Gut, daß Sie kommen«, meinte er. »Ich bin mal wieder

allein im Karton. Silke, diese goldene Zimtzicke, entschuldigen Sie bitte, drückt sich natürlich wie gehabt. Aber nachher, wenn sich herausstellt, daß etwas fehlt, kann sie das Gebiß nicht weit genug aufreißen. – Vorsicht, das ist Kartoffelsalat!«
Er reichte mir einen großen Kochtopf ins Boot, dessen Deckel mit einem Strick an den Henkeln festgebunden war. »Was zeigt denn Ihre wertvolle Familienuhr mit Kette? Meine geht offenbar nach dem Mond.«
Auf meiner Armbanduhr war es zehn vor fünf.
»Wird bei kleinem Zeit, daß wir abhauen. Das Wasser fällt schon seit einer halben Stunde. – Phantastische Schuhe! Wo haben Sie die denn aufgetan?«
Ich stellte meinen rechten Fuß auf die Ducht und drehte ihn hin und her. »In Travemünde. Vor Jahren schon. Wissen Sie, wenn man mit dem Kaufen wartet, bis man etwas nötig hat, dann muß man nehmen, was gerade da ist. Ich habe mir dagegen angewöhnt, zuzugreifen, wenn ich etwas entdecke, was mir besonders gefällt. Auf diese Weise komme ich zu lauter Sachen, an denen ich Freude habe. Zum Beispiel zu diesen Bordschuhen.«
»Gar nicht schlecht. Ich müßte mir vorher allerdings noch ein bißchen Kleingeld angewöhnen.«
Wir verstauten noch zwei Körbe mit Eßwaren und Getränken, ein paar Wolldecken, einen Schlafsack und den Handkoffer mit meinen Siebensachen zwischen den Duchten. Dann brachte jeder seinen Wagen auf den Parkplatz hinter dem Klubhaus.
Als Torsten das Boot nach der ›Nausikaa‹ hinausruderte, vorbei an den Jollen, Jachten und Motorbooten, die an dem Pontonsteg auf der anderen Seite des Hafens lagen, fragte ich ihn, was er eigentlich unter einer Zimtzicke verstünde.
»Eine Person, die von nichts was weiß und um alles eine Randstickerei macht.«

»Aha. Und golden?«
»Weil sie sich für so kostbar hält. – Wollen Sie immer alles so genau wissen?«
»Immer«, sagte ich lächelnd.
Aber er blieb ernst. »Und warum?«
Wie alt mochte er sein? Ein Jahr jünger als seine Schwester? Jedenfalls jünger. Ich ging auf seinen Ernst ein: »Männer müssen wissen.«
Nach einem schnellen Blick über seine Schulter verbesserte er die Richtung mit dem rechten Riemen. »Und warum?«
»Damit sie handeln können. Ich meine richtig handeln.«
Wieder warf er einen Blick auf die ›Nausikaa‹. Dann überlegte er und dann murmelte er vor sich hin, er glaube aber, daß man um so weniger handeln könne, je mehr man wisse. Von richtig handeln gar nicht zu reden. Überhaupt handeln.
»Wenn Sie recht hätten«, antwortete ich, »müßte ein allwissender Gott in völligem Nichtstun verharren.«
»Merken Sie das denn nicht?«
»Nein«, sagte ich.
Er ließ den gleichen unwilligen Atemstoß hören wie vorhin Silke.
Während ich mit der Hand nach der Jacht hinübergrüßte, wo Herr Spreckelsen neben der Steuerbordwant auf uns wartete, sagte ich leise zu Torsten, ich hoffte, wir würden im Laufe des Tages noch Gelegenheit haben, unser Gespräch fortzusetzen.
Seine Augen prüften mich. Er nickte kurz.
»Willkommen an Bord, Doktor!« sagte Herr Spreckelsen in seinem behaglichen Tonfall, hockte sich nieder und reichte mir, als das Boot längsseits schor, die Hand. Er war kaum wiederzuerkennen mit seiner groben Leinenhose und der weißen Mütze, deren Oberteil platt auf

dem tief über die Augen gezogenen Schirm lag. Ebensogut hätte er der Bootsmann sein können.

Ich kletterte an Deck. »Besten Dank, daß ich heute dabei sein darf!«

»Tiene Usted su navío, wie der Caballero sagt. Sie haben sich ja schon ganz schön nützlich gemacht. Die Steuerbordkoje im Vorschiff ist für Sie bestimmt. Sehen Sie mal zu, wie Sie damit klarkommen. – Wo steckt Silke denn? – Das ist wohl Ihr Koffer?«

Wir nahmen die Sachen in Empfang, die Torsten uns aus dem Boot heraufreichte.

»Silke lauert natürlich auf Sir Richard«, sagte er. »Wenn er nicht mitsegelt, segelt sie auch nicht mit. Kannst du mir glauben.«

»Lauert auf ihn? Wo lauert sie auf ihn? Was ist das überhaupt für eine Art?«

»Weiß ich nicht. Irgendwo. – Die Decken gehören ins Vorschiff. Bitte neben das Vorluk legen, da vorn! Den Schlafsack auch.«

»Kinder sind das heute!« sagte Herr Spreckelsen.

»Hat er denn nun zugesagt oder hat er nicht zugesagt? – Ich glaube, Mumms hat vor, uns hauptsächlich von Kartoffelsalat zu ernähren. Hier, Chef.«

»Er hat vorhin bei mir angerufen, mitkommen werde er auf jeden Fall. Sollte er sich nicht rechtzeitig freimachen können, für fünf Uhr, dann führe er mit dem Wagen gleich nach Bremerhaven. Ich habe ihm bis halb sechs Zeit gegeben.«

»Was muß er denn am Sonnabendnachmittag noch arbeiten?«

»Tja, mein Junge!«

Ob ich mich erkundigen dürfe, sagte ich, wer Sir Richard sei?

Herr Spreckelsen lachte: »Kriegen Sie keinen Schrecken! Es handelt sich nur um den Wirtschaftsmann des ›Bremer Anzeigers‹. Mein Sohn betitelt ihn so, um seine Schwester zu ärgern. Doktor Block, Doktor Richard Block. Sie kennen ihn sicher?«

»Nur?« warf Torsten ein, indem er den Seesack hochstemmte. »Laß das aber Silke nicht hören, Chef! Sir Richard steht zur Zeit höher in Gunst bei ihr als Backroom Rocky. Und das will etwas heißen.«

Da ich den ›Bremer Anzeiger‹ las, kannte ich Doktor Block dem Namen nach.

Viel besser kannte Herr Spreckelsen ihn auch nicht. Er war ihm einmal bei einem Senatsempfang begegnet, wenn er sich nicht irrte. »Soll aber ein kluger Kopf sein. Sieht auch gut aus, in gewisser Hinsicht.«

»Wie ein Lord mit vierunddreißig Rubis«, sagte Torsten. »Nehmen wir das Beiboot an Deck oder in Schlepp, Chef?«

»Nicht an Deck. – Meine Tochter spricht mit der größten Hochachtung von ihm, zumal sie sich, seit sie seinen Papierkorb ausleeren darf, für seine rechte Hand hält, haha. Immerhin, was er so von sich gibt in seinem Blatt, ist lesenswert.«

Torsten, der sich, im Boot stehend, an der niedrigen Reling nach hinten gegriffen hatte, rief vom Heck her, Sir Richard sei so klug, daß der Ofen ausginge und die Fliegen tot von der Wand fielen, sobald er ein Haus beträte. »Bin mal neugierig, was geschieht, wenn er hier an Bord kommt.«

»Laß nur gut sein! Der Mann interessiert mich. Ist immer vierundzwanzig Stunden eher im Bild als die anderen.«

»Auch über das Wetter?« sagte Torsten. »Das wäre ein Grund zur Nachsicht.« Er schwang sich mit der Fangleine an Deck und belegte sie mit Kopfschlag an einer Klampe. Dann brachte er die beiden Körbe und den Kartoffelsalat nach unten.

Die Jacht gefiel mir. Sie war gut gehalten, aber ohne be-

sonderen Aufwand an Lack und Messing. Die Ausmaße stimmten, alle Teile standen im richtigen Verhältnis zueinander, nichts war übertrieben, das Material untadelig. Der starke Mast und die festen Wanten und Stage bildeten mit dem gedrungenen Rumpf eine verläßliche Einheit. Ein Schiff, auf dem man sich vom ersten Augenblick an wohl fühlte.
Ich tastete mich mit meinem Koffer die halbe Biegung des Niedergangs hinab. Durch die offenstehende Kajütentür erblickte ich Frau Spreckelsen. Sie räumte Tüten und Dosen in den Eckschrank. Wieder war ich, als sie sich mir zuwandte, von dem Jünglingshaften ihrer Erscheinung betroffen. Obwohl die grauen Shorts und der ärmellose, maisgelbe Pullover ihre Anmut, ihre herbe Anmut, keineswegs verbargen, hätte man sie mit ihrem bräunlichen Gesicht, den dunkel glänzenden Augen und dem dichten, aber kurz gehaltenen Haar, das wie eine schwarze Fellkappe auf ihrem Kopf lag, für einen fünfundzwanzigjährigen Indianer aus den peruanischen Bergen halten können. Wenn Silke achtzehn Jahre zählte, mußte sie die Mitte der Dreißig schon überschritten haben. Mindestens. Aber das mochte glauben, wer wollte. Ich setzte meinen Koffer ab und beugte mich über ihre Hand, die fast ohne Gewicht war. Auch ihre Stimme hatte etwas Gewichtloses wie ein schwebender Gesang. Unwillkürlich achtete ich mehr auf die Schwebung als auf den Sinn ihrer Worte. Es kostete mich einige Mühe, ihr zu folgen.
Ob sie recht gehört habe, daß Silke noch nicht da sei?
Noch nicht. Aber sie werde wohl jeden Augenblick eintreffen. Ich hätte sie mit meinem Wagen überholt. Sie sei zu Rad gewesen, sonst hätte ich sie mitgenommen.
»Darf ich Ihnen ein bißchen zur Hand gehen?«
»Aber nein, das ist Frauensache. Sie werden sicher an Deck gebraucht. Wie gefällt Ihnen die ›Nausikaa‹?«

»Ein Schiff für Menschen«, sagte ich.
»Nicht wahr? Es ist schrecklich, wenn die Menschen nur für das Schiff dasein müssen. Ich habe Sie hoffentlich nicht mißverstanden?«
Ehe ich antworten konnte, ertönte oben Torstens Stimme: »Was ist los...? Wird schon noch antrudeln... Schmeiß deine Asphaltmühle in den Bootsschuppen und scher dich an den Anleger! Ich hole dich ab... Hä...? Kann nichts verstehen...! Ach Mensch, geh zu Karstadt und füttere die Schaukelpferde!«
Frau Spreckelsen meinte, Torstens Ausdrucksweise lasse darauf schließen, daß seine Schwester in der Nähe sei.
»Sie sollen, glaube ich, im Vorschiff schlafen. Sie und Torsten. Oder wollen Sie mit Herrn Doktor Block tauschen und die Koje neben der Treppe nehmen? Noch ist es Zeit.«
Nein, mir war das Vorschiff schon recht. Ich dachte an das Gespräch mit Torsten. Vielleicht ergab sich heute abend eine Gelegenheit, es fortzusetzen.
»Gehen Sie hier durch!« sagte Frau Spreckelsen.
An die Kajüte schloß sich eine winzige Kombüse an. Dann kam das Vorschiff, ein stickiger Raum, der durch eine runde, ins Deck eingelassene Glasplatte notdürftig erhellt wurde. Die beiden Kojen waren rechts und links an den schräg aufeinander zulaufenden Seitenwänden angebracht. Eine feststehende Leiter führte zum Luk empor. Ich schob die Kappe auf, zog die Decken und den Schlafsack herein und zwängte mich nach draußen.
Gerade ging eine Piratenjolle über Stag und rauschte hinter dem Heck der ›Nausikaa‹ vorbei. Die Insassen winkten herüber, Herr Spreckelsen, der sich an der Ankerwinsch zu schaffen machte, brachte die Hand in die Nähe seiner Mütze. Als das Segel den Blick auf die Landspitze freigab, sah ich Silke dort stehen, an ihr Rad gelehnt. Hin und wieder wurde ihr Gesicht fast ganz von den

Haaren verdeckt, die im Winde flirrten. Aber sie rührte sich nicht. Sie starrte zu uns herüber und rührte sich nicht. Ich fand, sie habe gleichfalls, wie sie so braun und umweht vor dem Flaggenmast stand, etwas Indianisches an sich. Was sie wohl dachte? Oder war sie nur von einer stolzen und einsamen Empfindung erfüllt, ohne Gedanken? Am liebsten hätte ich mich neben sie gestellt. Sie wirkte so verloren in ihrem Trotz und ihrer Jugend, verloren und rührend, ich konnte mir nicht helfen. Vielleicht war es aber auch kein Trotz, sondern die Trostlosigkeit? Es gibt ja Stunden und sogar Tage, an denen man sich ganz krank fühlt vor Trostlosigkeit. Wenn man wenigstens einen Grund dafür sähe. Aber man sieht keinen. Und die Trostlosigkeit ohne Grund ist die schlimmste von allen, denn sie ist auch in ihrer Tiefe ohne Grund. Legt sie sich auf junge Menschen, dann wissen sie sich in der Regel nicht anders zu helfen als durch unwirsches und verschlossenes Wesen. Mir war es nicht anders gegangen, damals. Ich hatte es nicht vergessen.
Ohne seine Stimme zu erheben, rief Herr Spreckelsen zu Silke hinüber, sie solle keine Geschichten machen und jetzt an Bord kommen.
Torsten hielt beim Abnehmen der Zeisinge, mit denen das zusammengelegte Großsegel auf dem Baum festgebunden war, inne und sah auf: »Ob du mit der redest, Chef, oder mal in einen alten Badeofen hustest, bleibt sich gleich.« Seine Augen wurden aufmerksam: »Da kommt übrigens was. Und könnte es derselbe sein.«
Ein schwarzes Kabriolett mit weinroten Sitzen fuhr langsam am Hafen entlang und verschwand hinter dem Klubhaus.
»Das ist er«, sagte Torsten. »Wer sollte es sonst sein? Mit so einem Wagen.« Er wandte sich Silke zu und zeigte auf das Klubhaus: »Dreh dich mal rum!« Zu uns sagte er,

von der Stelle aus, wo sie stünde, müsse sie ihn sehen können.
Sie rührte sich noch immer nicht.
»Seine Lordschaft! Da drüben.«
Es schien, als wolle sie in ihrer Unbewegtheit verharren. Aber dann blickte sie doch, wenn auch widerstrebend, nach rechts. Die Starrheit fiel von ihr ab, sie schwenkte das Rad herum, stieg auf und fuhr auf das Klubhaus zu.
»Du brauchst sie nicht zu holen«, sagte Herr Spreckelsen. »Sie können sich mit dem Tuffel übersetzen lassen. Mach die Segel klar zum Vorheißen!«
Aber Torsten wollte sich unbedingt noch ein bißchen mit Doktor Blocks Wagen befassen. »Scheint ein Amerikaner zu sein. Hast du auf die Stabilisierungsflossen geachtet? Wie bei einem Düsenjäger. So gern es mir leid tut, aber den lasse ich mir nicht entgehen.« Er band das Beiboot los und sprang hinein.
Ich sammelte die Zeisinge auf, die er in die Plicht geworfen hatte. »Wohin damit?«
Herr Spreckelsen wiederholte seinen Seufzer über die Jugend in heutiger Zeit und klappte den Sitz neben dem Ruderrad hoch, unter dem ein Behälter sichtbar wurde. »Hier hinein, bitte. Machen Sie sich's bequem, Doktor! Wie wäre es mit etwas blauem Dunst?«
Wir setzten uns in die Plicht.
Ehe wir unsere Zigaretten zu Ende geraucht hatten, kam das Beiboot zurück. Vorn kniete Silke und schwenkte die Fangleine der ›Nausikaa‹ entgegen. Doktor Block, der, einen karierten Campingbeutel zwischen den Knien, auf der hinteren Ducht saß, unterhielt sich mit dem rudernden Torsten. Zu meiner Überraschung wirkte er ziemlich derb, wenigstens auf den ersten Blick. Ich hatte einen sogenannten schönen Mann erwartet, eben einen Sir Richard. Aber das war er durchaus nicht. Der gedrunge-

ne Körper trug einen kantigen Kopf. Stirn und Backen hatten die rötliche, etwas fleckige Farbe, die bei Hellblonden auftritt, wenn sie sich der Sonne ausgesetzt haben. Dadurch nahmen sich die buschigen, gleichsam verfilzten Augenbrauen fast weiß aus. Um den breiten Mund lag ein selbstbewußter Zug. Die linke Seite der Unterlippe war durch eine wulstige Narbe entstellt. Später merkte ich, daß er mit seinem Gesicht lächeln konnte, ohne seine schiefergrauen Augen daran teilnehmen zu lassen. Ich fragte mich, ob er wohl schon als Junge so gelächelt habe. Jetzt mochte er in meinen Jahren sein, etwas älter vielleicht.

In angemessener Entfernung von der ›Nausikaa‹ hob er die gelockerte Hand, deren Zeigefinger aufgerichtet war, zum Gruß.

»Na«, sagte Herr Spreckelsen, »haben Sie es doch noch geschafft?«

Aber Doktor Block antwortete nicht. Es durchfuhr ihn. Die anderen bemerkten es nicht. Silke kehrte ihm den Rücken zu, und Herr Spreckelsen beugte sich vor, um die Fangleine wahrzunehmen. Aber ich sah, wie es ihn durchfuhr. Die erhobene Hand stockte, der Mund verlor seine Festigkeit. Eine Sekunde nur. Dann hatte er sich wieder gefangen. Es war Zufall, daß ich es bemerkte. Er legte seine Hände auf den Bootsrand und verbeugte sich.

Vor wem verbeugte er sich denn um alles in der Welt? Etwa vor mir? Als ich mich umwandte, erblickte ich Frau Spreckelsen, die lautlos aus dem Niedergang aufgetaucht war. Sie stand dunkel und für sich neben dem Kajütsaufbau und hatte die linke Hand unter den rechten Ellbogen geschoben. Die Rechte ruhte auf dem Ausschnitt ihres Pullovers. Ein Armband aus altgoldenen und mattsilbernen Blüten, in deren Mitte kleine Rubine glommen, umschloß ihren Unterarm. So stand sie im glanzlosen Licht des Augustnachmittags und blickte übers Wasser. Eine gelassene Frau mit einem verhaltenen Leuchten in den Augen. Fremdartig auch sie, o ja, aber von der Fremdartigkeit einer altperuanischen Göttin, der es gefallen hatte, die Stätte ihres Kults eine Zeitlang zu verlassen und in ein anderes Land zu gehen.

Inzwischen war Silke an Deck geklettert, während Torsten sich bemühte, das Boot dicht an der Bordwand zu halten. Doktor Block nahm den Campingbeutel in die eine Hand, griff mit der anderen nach der Want über sich und zog sich mit einem schnellen und kraftvollen Ruck auf die niedrige Reling. Dabei stieß er sich so heftig vom Boot ab, daß Torsten fast das Gleichgewicht verlor. Von Silkes Hand, die sie ihm entgegenstreckte, machte er keinen Gebrauch.

Herr Spreckelsen brachte ihn zu seiner Frau: »Dies ist also Doktor Block, liebe Marlo, dessen wirtschaftliche Gedankengänge dir ja nicht fremd sind.«

»Außerdem kenne ich Sie natürlich aus Silkes Berichten.«

»Muß ich daraufhin mein Haupt verhüllen?«

»Gewiß nicht.«

Ich achtete auf jede Bewegung des neuen Mannes. Aber er benahm sich so ungezwungen und sicher, als sei er nie zusammengefahren. Vielleicht hatte sich ja auch nur ein jäher Schmerz in ihm erhoben. Er konnte ja leidend sein. Was wußte ich?

»Und hier«, sagte Herr Spreckelsen, »haben wir Doktor Schleef, ebenso bedeutend als Rechtsanwalt wie als Seemann.«

Wir gaben uns die Hand.

Doktor Block bat um Nachsicht wegen seines verspäteten Eintreffens. Aber gerade, als er im Begriff gewesen sei, die Redaktion zu verlassen, habe er über den Fernschreiber eine Meldung erhalten, deren Bedeutung für

Bremen und nicht zuletzt für die Firma August Spreckelsen und Sohn auf der Hand liege. Er habe geglaubt, es sei tunlich, eine Abschrift für seinen Gastgeber anfertigen zu lassen. Sie befinde sich noch in seinem Gepäck. Es handle sich, mit einem Wort, um die Entwicklung einer vollsynthetischen Trosse, deren ungewöhnliche Vorzüge kein Reeder übersehen könne. Bei einer bislang nicht erreichten Festigkeit und Korrosionsfreiheit habe sie ein erstaunlich geringes Gewicht, nehme kein Wasser auf, faule nicht, scheuere nicht durch und brauche keine Wartung. »Der ideale Festmacher für große Schiffe.«
»Dormagen«, sagte Herr Spreckelsen.
»Richtig. Ich merke, daß Sie wach gewesen sind.«
»Nun ja, Wachheit ist der halbe Erfolg. Wir stehen mit Dormagen in Verbindung.«
»Meinen Glückwunsch!«
»Danke.«
Mit betonter Sachlichkeit sagte Silke, die, neben Doktor Block stehend, dem Gespräch aufmerksam gefolgt war: »Kastenmeldung, halbfett, rechts oben in der Montagausgabe.«
»Meint die Volontärin«, lächelte Doktor Block, ohne seine Augen daran teilnehmen zu lassen. »Der Verantwortliche entscheidet: Meldung mit kursiv gesetztem Kommentar links oben, gezeichnet R. B. Liegt schon beim Setzer. – Was für eine Überschrift?«
»Überschrift?«
»Zehn Sekunden Zeit.«
»Öh... ›Bremen schläft nicht‹.«
»Feuilleton«, sagte Doktor Block. »Überschrift: ›Schiffstrossen jetzt vollsynthetisch‹.«
»Und ›Bremen schläft nicht‹ als Unterzeile?«
»Feuilleton«, sagte Doktor Block.
Frau Spreckelsen führte ihre Hand auf Silkes Hinterkopf hin und her: »Arme Silke!«

»Wieso?« sagte Silke. »Dies ist ein berufliches Gespräch, Mumms. Wirtschaft verträgt keine Sentimentalität. Außerdem hat er natürlich recht.«
Wieder das Lächeln ohne Beteiligung der Augen. »Zeitungsleute sind ein hartgesottenes Volk, gnädige Frau. Wenigstens äußerlich. In ihres Herzens Grund sind sie jedoch Menschen. Nur merkt es keiner.«
»Gut und schön«, sagte Herr Spreckelsen. »Aber nun wollen wir, um mit den Zeitungsleuten zu reden, in See stechen.« Er stellte sich ans Ruder: »Klar bei Leinen!«
»Ay ay, Chef«, sagte Torsten.
»Achterleine los!«
»Ist los.«
Silke war, ohne einen Befehl abzuwarten, nach vorn gegangen. Sie machte die Bugleine los, behielt sie aber noch in der Hand. Auch als Torsten beide Leinen mit einem Schotenstek verbunden hatte, hielt sie ihren Part noch fest.
Auf Herrn Spreckelsens Wink heißte ich das Großsegel vor. Die Rutscher klickten leise, das Tuch begann zu flappern, langsam schwang der Großbaum nach Backbord aus. Da gab Silke dem Schiff durch einen Zug an ihrer Leine ein wenig Fahrt und warf sie an Backbordseite ins Wasser. Dann rannte sie mit der Fockschot nach hinten.
Der Wind war Nord zu Ost.
»Heiß vor die Fock!«
Torsten half mir beim Steifholen des Fockfalls.
Währenddessen riß Silke aus Leibeskräften an der Fockschot, die sie um eine Klampe geführt hatte. Sie stemmte den rechten Fuß gegen die Reling, riß mit zusammengebissenen Zähnen an der Schot und belegte sie. Jede Bewegung offenbarte die geschmeidige Wildheit ihres Körpers. Ein paarmal sah sie zu Doktor Block hinüber, der

bei Herrn Spreckelsen in der Plicht stand. Er nickte ihr zu.

Die Segel schlugen und dröhnten, bis sie sich, die Fock zuerst, ruckweise mit Wind füllten und ihre klaren Formen gewannen. Mit einer weichen Bewegung legten sie sich nach Lee über, federten ein wenig zurück und legten sich noch weiter über. Die ›Nausikaa‹ glitt schräg auf den Strom hinaus.

»Ich lasse sie noch einmal in den Wind schießen«, sagte Herr Spreckelsen und drehte das Rad. »Großfall und Fockfall besser durchsetzen!«

»Ay ay, Chef.«

Wir mühten uns zu dritt an den Fallen ab. Jedesmal, wenn Silke sich beim Holen bückte, fiel das halblange Haar über ihr Gesicht. Sie blies ihren Atem hindurch.

»Und – ho!« sang Torsten. »Und – noch so'n Pull! Und – gleich hat er verspielt! Und – noch so'n Lüttjen! Und – gut so.«

Mit einer halben Drehung ihres Oberkörpers warf Silke ihr Haar zurück.

»Fockschot etwas fieren!« sagte Herr Spreckelsen.

III

Der Gesang der Bugwelle schwoll, wenn der Wind drängender wurde, vom dünnen Gluckern zum vollen Rauschen an und wurde, manchmal schnell und manchmal zögernd, mit dem Nachlassen des Luftzuges wieder leise. Bei jedem Anschwellen hob sich die Luvseite der ›Nausikaa‹ ein wenig und bei jeder Abschwächung sank sie weich zurück.

Wir hatten uns neben der Ankerwinsch auf den Decksplanken ausgestreckt, Torsten und ich, und ließen uns wiegen. Torstens Kopf lag auf einem Fender, meiner auf der zusammengerollten Persenning für das Großsegel. Unsere Unterhaltung drehte sich um die Frage, was von den langstreifigen Hochzirren, die den Himmel über uns verschleierten, als Wetterzeichen zu halten sei. Nach meiner Erfahrung konnte man, wenn die Streifen sich an ihren Enden zu Krallen verkrümmten, wie es heute der Fall war, innerhalb von vierundzwanzig Stunden mit einer Wetterverschlechterung rechnen. Torsten bestritt es. Man müsse auch die Zugrichtung der Zirren berücksichtigen. Zögen sie von Südwesten nach Nordosten, dann gebe es allerdings Regen, zögen sie dagegen von Osten nach Westen oder Nordwesten, dann versprächen sie gutes Wetter. Er hatte eine nette Art zu widersprechen, frei heraus, jedoch nicht patzig wie bei seinen Auseinandersetzungen mit Silke, sondern ruhig und immer um die Sache bemüht.

Ich meinte, Torsten müsse spüren, was für Empfindungen ich ihm entgegenbrachte. Um so mehr wunderte ich mich darüber, daß seine Anteilnahme an unserem Gespräch unversehens nachließ. Er hatte sich aufgesetzt und gab mir nur noch halbe Antworten.

Als ich den Kopf hob, erkannte ich auch den Grund. Seine Aufmerksamkeit galt der Unterhaltung, die in der Plicht geführt wurde.

»Na«, sagte er verblüfft. Dann wandte er sich mir zu und fragte mit gedämpfter Stimme, ob ich Doktor Blocks Ansicht über die Automation mitgekriegt hätte. »Allerhand und einiges.«

Ich stand auf und schlug ihn auf den Rücken: »Kommen Sie!« Wir gingen nach hinten und stiegen in die Plicht. Herr Spreckelsen hatte noch immer das Ruder. Neben ihm saß seine Frau. Ihr gegenüber Doktor Block und Silke. Torsten setzte sich neben seine Schwester. Mir wies

Frau Spreckelsen, indem sie etwas zur Seite rückte, einen Platz zu ihrer Linken an.
Silke mußte gerade in irgendeinem Zusammenhang die Wendung ›alle Zahlen‹ gebraucht haben. Doktor Block merkte an, mit seinem Lippenwulst lächelnd, er wolle Silke nur daran erinnern, daß es, genaugenommen, unstatthaft sei, von ›allen Zahlen‹ zu sprechen. »Entschuldigen Sie die Unterbrechung!«
»Wieso ist das unstatthaft?« fragte Torsten. ›Erinnern‹ sei übrigens gut.
»Unter ›alle‹ begreift man die Gesamtzahl der Grundzahlen von der ersten bis zur letzten. Oder sehe ich es falsch?«
»Die Gesamtzahl der Grundzahlen von der ersten bis zur letzten, ganz recht.«
»Nun bilden die Grundzahlen aber eine unendliche Reihe. Oder nicht?«
»Eine unendliche Reihe«, sagte Torsten.
»In einer unendlichen Reihe gibt es keine letzte Zahl.«
»N–nein.«
»Sie besteht vielmehr aus einer Unzahl von Zahlen. Mithin bedeutet ›alle Zahlen‹ so viel wie ›die Anzahl einer Unzahl‹. Und das ist eben eine reizende Torheit. – Ich bitte nochmals um Entschuldigung.«
»Aber«, sagte Silke, »wenn ich nun . . . wie soll ich mich denn ausdrücken, wenn ich tatsächlich alle Zahlen meine?«
»Sie meinen ja gar nicht alle Zahlen, Sie meinen jede Zahl. Zum Beispiel: ›Jede Zahl in der Reihe der Grundzahlen hat einen Nachfolger.‹ Das läßt sich hören. ›Alle Zahlen‹ dagegen nicht.«
Herr Spreckelsen atmete aus und murmelte, Mathematik sei eine strenge und genaue Wissenschaft.
Nur dürfe man es, gab Doktor Block zu bedenken, wieder nicht gar so streng und genau mit ihr nehmen. Das habe Herr Spreckelsen natürlich auch nicht gewollt.

Da Herr Spreckelsen es aber doch gewollt hatte, schwieg er.

Nicht so Torsten: Also wenn die Mathematik keine genaue Wissenschaft sei, dann müsse er sich sein Schulgeld zurückgeben lassen.

»Vielleicht verstehen wir unter genauer oder sagen wir lieber exakter Wissenschaft nicht dasselbe, Sie und ich. Eine Wissenschaft ist dann exakt, wenn sie eine in sich geschlossene, nach logischen Gesetzen gefügte Ordnung unmittelbar einleuchtender, meßbarer oder experimentell nachweisbarer Bewandtnisse darstellt.«

»Wie zum Beispiel die Mathematik.«

»Vorsicht, Torsten!« sagte Silke.

Doktor Block wollte die Mathematik einmal hinsichtlich der ihr innewohnenden Logik untersuchen. »Sie alle, um ein beliebiges Beispiel herauszugreifen, kennen und billigen den Satz ›Das Ganze ist größer als eins seiner Teile‹. Ins Mathematische übertragen lautet er: ›n plus n ist größer als n.‹ So weit, so gut.«

»Einen Augenblick!« sagte Torsten. »›n plus n ist größer als n?‹ – Ja, natürlich. Geht klar.«

»Wobei es erlaubt sein sollte, für n jede beliebige Größe einzusetzen. Sie erheben keinen Widerspruch?«

»Nein.«

»Das wundert mich. Denn Sie brauchen nur n gleich unendlich zu setzen, und schon herrscht die schönste Konfusion. Ist unendlich plus unendlich etwa größer als unendlich? Doch wohl kaum. Unendlich plus unendlich kann, wie man es auch dreht und wendet, unter keinen Umständen mehr als unendlich ergeben. Diesmal ist das Ganze also nicht größer als eins seiner Teile, sondern ebenso groß. Wo bleibt da die Logik?«

Voller Befriedigung, als sei sie es gewesen, die den Nachweis erbracht hatte, richtete Silke sich auf und sah von einem zum andern.

»Derselbe Satz«, fuhr Doktor Block fort, »gilt und gilt nicht, ist einmal sinnvoll und einmal sinnlos. Innerhalb derselben, wie Sie sagen, exakten Wissenschaft. Da muß ich doch sehr bitten.«
Mit betonter Behutsamkeit legte Silke ihre Hand auf Torstens Knie: »Jetzt bist du an der Reihe, mein Junge.«
Torsten lachte in sich hinein. »Sie gehen aber haarscharf in die Kurve. Muß man Ihnen lassen.«
»Wirtschaftsredaktion«, sagte Silke mit hochmütigen Mundwinkeln.
Frau Spreckelsens Blick war über Torsten und Silke hinweg in die Weite gerichtet. Leider oder eigentlich zum Glück habe sie kein Wort verstanden. Was natürlich nicht ausschließe, daß sie Herrn Doktor Blocks mathematischen Zauberkünsten die höchste Achtung entgegenbringe. Wir dürften uns aber über all unserer Gelehrsamkeit den Glanz der Welt nicht entgehen lassen. – Sie hob, sich zurücklehnend, ihren bräunlichen Arm und wies mit der Rechten auf das gegenüberliegende Ufer. Das Armband mit den kleinen Rubinen hing lose um ihr Handgelenk. Von dem Schatten unter ihrer Achsel ging der Duft einer zarten Wärme aus.
Torsten und Silke drehten sich um.
Doktor Block atmete tief.
»Wunderbare Stimmung, Mumms!« sagte Torsten.
Über die taubengraue Wasserfläche glitten dunkle Trübungen, die ihre Gestalt langsam veränderten und sich nach einer Weile vom Grau abzuheben und in nichts aufzulösen schienen. Rosa und violett erglomm der Sand in den Schilfbuchten des Ufers. Da und dort flirrten silbrige Weidenbüsche. Das Blau einer Pappelreihe stand schattenhaft im Sommerdunst der Ferne. Dicht am Ufer schob eine Tjalk ihren behäbigen Bug gegen den Strom. Der Motor pufftete so langsam, daß man dachte, er müsse

jeden Augenblick aussetzen. Ununterbrochen lösten sich kobaltblaue und schwarze Spiegelungen in den schrägen Streifen der Sogwellen ab.
»Was ist mit dem Wind los?« fragte Herr Spreckelsen.
Torsten sah am Großsegel hinauf, das ein ganz klein wenig killte. »Scheint spitzer zu kommen.«
»Fockschot und Großschot dichtholen!« befahl Herr Spreckelsen. »Mal sehen, ob wir's schaffen, ohne zu kreuzen.« Er luvte vorsichtig an.
»Schaffen wir, Chef.« Torsten stand auf.
Silke stützte sich auf Doktor Blocks Schulter und stand gleichfalls auf.
»Bring einer mein Glas mit!« rief Herr Spreckelsen hinter ihnen her.
»Wo liegt es?«
»Weiß schon«, sagte Silke.
Wiederum entzückten mich ihre Bewegungen, die rücksichtslose Hingabe an das Reißen und Rucken, das Hin- und Herschwingen des hängenden Haares, das schnelle Übereinandergreifen der Hände an der Schot.
»Recht so«, sagte Herr Spreckelsen. Er ließ einige Speichen des Ruderrades durch seine Finger laufen, bis die ›Nausikaa‹ eine Kleinigkeit abfiel.
Silke richtete sich auf und blies ein paarmal den Atem durch ihre Lippen. Dann glitt sie den Niedergang hinunter und kam gleich darauf mit dem Fernglas zurück.
Torsten war noch immer bei der Mathematik: »Tolle Sache! Wenn Bube wieder anfängt, von der erhebenden Harmonie der mathematischen Sätze zu schwögen, will ich sie ihm aber mal unter die Rippen reiben. Da soll er sich aber wundern! – Bube ist unser Mathelehrer«, fügte er hinzu.
»Was hat dir eigentlich Bube getan?« fragte Frau Sprekkelsen. »Bislang warst du doch der Ansicht, er mache seine Sache ganz ordentlich.«

»Das schon. Aber daß er sich immer so hat mit dem Wunderbau der Mathematik, und daß alles stimmt, was er sagt, und daß man nirgends einhaken kann, und daß eine Stunde wie die andere abgespult wird, das ist einfach... es muß doch auch mal eine kleine Bombe hochgehen oder irgend sowas.«
»Glaubst du, daß die Schule dazu da ist?«
»›Kaum‹, sagte der Ochse, als sie ihn melken wollten. – Ach Mumms, nicht nur die Schule. So das Ganze, weißt du. Manchmal habe ich richtig Lust, alles zu Grus und Mus zu hauen.«
»Aber doch nicht gerade Bube.«
»Sie ahnen ja nicht, gnädige Frau, wie viele solcher bösen Buben es unter den exakten Wissenschaftlern gibt.« Es hatte den Anschein, als wolle Doktor Block seine Hand mit zarter Berührung auf Frau Spreckelsens Knie legen. Aber er ließ die Bewegung, ehe sie ans Ziel gelangte, in einen leichten Aufwärtsschwung übergehen und wieder zu sich zurückkehren. »Wenn ein Naturwissenschaftler sich etwas in den Kopf gesetzt hat, dann schiebt und knetet er so lange an den Beobachtungen herum, auch an den Gesetzen, bis ein Ergebnis herauskommt, das nach seinem Sinn ist. Dergleichen geschieht bis hinauf zum Vater der Relativitätstheorie.«
Herr Spreckelsen räusperte sich: »Wollen Sie sich im Ernst mit der Relativitätstheorie anlegen?«
Jawohl, Doktor Block nehme sich die Freiheit, seinen leidlichen Verstand nach Kräften zu gebrauchen. Er kenne keine Befangenheit.
Auch Silke fand weiter nichts dabei.
Die Relativitätstheorie behaupte zum Beispiel, es gebe keine Gleichzeitigkeit. Darin bekunde sich die typische Anmaßung des Naturwissenschaftlers. Richtig sei, daß eine Zeitangabe nur dann einen Sinn habe, wenn sie in Beziehung zu einem bestimmten Bewegungssystem ge-

bracht werde. Angenommen, wir sähen in einer Nacht des Jahres 1962 von der Erde aus zwei Sterne ›gleichzeitig‹ explodieren, von denen der eine tausend und der andere fünfzigtausend Lichtjahre von uns entfernt sei, dann habe die erste Explosion in Wirklichkeit im Jahre 962 nach Christus, nämlich 1962 minus tausend, und die andere im Jahre 48038 vor Christus, nämlich 1962 minus fünfzigtausend, stattgefunden. Die sogenannte Gleichzeitigkeit bestünde in diesem Fall nur für das Bewegungssystem Erde. Von anderen Bewegungssystemen aus, die der jeweilige Explosionsschein zu anderen Zeitpunkten erreiche, stelle sich die Sache natürlich anders dar. Es sei nicht möglich, eine absolute Gleichzeitigkeit zu ermitteln, auch dann nicht, wenn man die Entfernungen und die Eigenbewegung des Beobachtungssystems in Rechnung setze, weil immer die Bewegungseigenschaft des Lichts in die Beobachtungen und Zeitmessungen eingehe. Soweit habe die Relativitätstheorie recht. Würde sie sich mit der Behauptung begnügen, durch Messungen sei eine Gleichzeitigkeit grundsätzlich nicht festzustellen – er unterstreiche: festzustellen –, dann sei dagegen nichts einzuwenden. Sie behaupte aber, es gebe – er unterstreiche abermals: gebe – sie behaupte, es gebe keine Gleichzeitigkeit. Und das entlocke sogar, wie er zu seiner Genugtuung bemerke, einer Antimathematikerin ein mitleidiges Lächeln. Nur jemand, der keine Ahnung von Ontologie habe, schließe ohne weiteres von der Nichtfeststellbarkeit auf das Nichtvorhandensein. Die Ereignisse, die unablässig auf der Erde und anderswo stattfänden, kümmerten sich den Teufel darum, ob sie festgestellt und gemessen werden könnten oder nicht. Sie fänden statt, gleichzeitig und nicht gleichzeitig, und damit gut.

Herr Spreckelsen sagte: »Jaja.«

Es kam mir so vor, als sei der Übergang von den knetenden und schiebenden Wissenschaftlern zu denen, die über die Grenzen ihres Sachgebiets hinaustappen, nicht eben einwandfrei gewesen, aber ich ließ es hingehen. Ob seine Ausführungen zutrafen oder nicht – und das mit der Gleichzeitigkeit mochte schon richtig sein –, bei Licht besehen waren es doch nur Spiegelfechtereien. Ich fragte mich, was in aller Welt er damit beabsichtigte. Es konnte ihm doch nicht verborgen geblieben sein, daß Herr Spreckelsen ihm so gut wie gar nicht und Frau Spreckelsen nur mit einem Lächeln zuhörte, das alles mögliche bedeuten mochte, aber sicher kein Interesse. Ganz zu schweigen von mir selbst. Oder riß ihn gerade das Lächeln zu immer neuen Darbietungen hin? Wie dem auch sei, er gehörte zu den Verneinenden oder doch zu den Unseligen, die sich dem Geist des Widerspruchs um jeden Preis verschrieben haben. Ich glaubte, das Nichtende, das in den Redereien sein Wesen trieb, fast körperlich zu fühlen. Offensichtlich war Silke jedoch dafür empfänglich, sogar auf eine bestürzende Weise. Und auch Torsten in seiner jungenhaften Arglosigkeit schien anfällig zu sein. In einem gewissen Alter sind junge Menschen kaum imstande, sich der Faszination zu entziehen, die vom Zerstörerischen ausgeht. Eine Sehnsucht nach dem Absoluten, Unbedingten, Makellosen und damit zugleich eine Verachtung des Bestehenden, das, weil es besteht, notwendig bedingt ist, lebt tief in ihnen, so tief, daß sie sich dessen kaum bewußt sind. Und so halten sie es denn, mehr aus Ahnung als aus Einsicht, mit den Mächten, die ihre fragwürdige Lust daran haben, das Bestehende niederzureißen, nicht um Raum für das Neue zu schaffen, sondern nur um niederzureißen. Eine Jugend, die um jeden Preis das Absolute will, ist eine verlorene Jugend, denn sie wird, ehe sie sich's versieht, an die Seite einer zynischen oder dämonischen Verneinung gedrängt. Aber wie wäre eine Jugend, die ihre Absicht nicht auf das Unbedingte und Makellose richtet, noch eine Jugend? An diesem Widerspruch liegt es wohl, daß uns auch der trotzigste, auch der aufsässigste junge Mensch noch liebenswert vorkommt. Wir haben eine schmerzliche Zuneigung zu dem unbeirrbaren und reinen Willen, der seinen Untergang in sich trägt, um so gewisser in sich trägt, je reiner er ist. Aber wir haben auch einen Haß gegen die Schamlosen, die den jugendlichen Willen von seinem Ziel abziehen. Wenn ich Doktor Block nicht mochte, so hing es wahrscheinlich mit diesem allen zusammen. Schon als Silke mir gegenüber seinen Namen zum ersten Male erwähnte, auf ihrem Rade, war in mir eine Abneigung gegen ihn aufgestiegen, als könne ich seine Natur wittern. Und jetzt mußte ich mir eingestehen, daß sich die Abneigung zum Widerwillen gesteigert hatte. Aber gerade da sagte er etwas sehr Schönes, das die Eindeutigkeit meines Empfindens wieder in Frage stellte, zunächst wenigstens.

In den naturwissenschaftlichen Köpfen, sagte er, die nur für wahr hielten, was sie messen und sich im Experiment zu eigen machen könnten, müsse sich eine bis zur Trostlosigkeit verödete Welt spiegeln. Mit dem fernen Schimmer eines Sternbildes zum Beispiel wüßten sie ebensowenig anzufangen, wohlgemerkt als Wissenschaftler, wie mit der Schönheit einer Blume oder mit dem Hirtengesang einer Blockflöte.

»Hirtengesang einer Blockflöte...« warf Torsten ein, »mögen Sie das knochenlose Getön denn leiden? Das ist doch nur etwas für Latsch-latsch-die-Heide-blüht- oder ähnliche Suppenwürfelfellachen.«

»Wie zum Beispiel Johann Sebastian Bach.«

»Hat der denn Blockflöten verwendet?«

»Er hat.«

»Aber doch nur bei irgendwelchen Firlefanzereien zur linken Hand.«

»Wie zum Beispiel beim Zweiten und Vierten Brandenburgischen Konzert. Im Vierten kommen sogar zwei Blockflöten vor.«

»Gib's auf, Torsten«, sagte Silke. »Bei uns kriegst du kein Bein an den Grund.«

Torsten dachte nicht an Aufgeben: »Um auf besagtes Thema zurückzukommen: die Töne einer Blockflöte kann man aber physikalisch genau erfassen.«

»Die Töne wohl, obgleich auch das – nun lassen wir's! Die Töne wohl, aber nicht den Gesang. Und nicht die Empfindungen, die sie in einem Menschen auslösen. Ich glaube nicht, daß die Physik hierbei noch mitreden kann.«

Das glaube Torsten allerdings auch nicht. Und insofern habe Doktor Block wieder einmal recht. Hm. Und da falle ihm sogar noch etwas Diesbezügliches ein. Eines Nachmittags sei er im Garten eingedöst, und als er die Augen wieder aufgemacht habe, noch so halb benommen, da habe schräg über ihm ein Fitislaubsänger auf einem Zweig gesessen und gesungen. Ganz nahe, kaum einen Meter von ihm entfernt. Und jedesmal, wenn er seinen Schnabel aufgerissen und sein Lied habe hören lassen, hätten sich die blaßgelben Federn an seiner Kehle ein bißchen gesträubt und gebebt. Na ja, das habe er nur eben bemerken wollen.

»Und?« fragte Silke.

Er habe sich erlaubt, das schön zu finden, es habe ihn bewegt, die Dame möge verzeihen.

»›Harunasan Maru‹ heißt er.« Herr Spreckelsen war der einzige von uns, der seinen Blick noch in die Weite schweifen ließ.

Ein großer Frachter mit grünem Rumpf schob sich uns entgegen. Der Bug wuchs höher und höher.

»Kommt von Rotterdam, wie Sie heute morgen im Wirtschaftsteil des ›Bremer Anzeigers‹ lesen konnten«,

sagte Doktor Block. »Will in Bremen Stückgut laden. Mitsui Line, Tokio.«
Nun wurde auch der graue, oben etwas abgerundete Schornstein mit den drei weißen Ringen sichtbar. Auf der Brückennock stand ein brauner Offizier in heller Uniform und spähte durch sein Glas zu uns herunter.
»Was heißt ›Harunasan‹?« fragte Torsten. »›Maru‹ heißt ja wohl Schiff.«
Niemand wußte es. Auch Doktor Block nicht. Er wußte nur, daß ›san‹ so viel bedeute wie ›ehrenwert‹.
Torsten war enttäuscht: »Ich dachte, Sie wüßten alles.«
Es ehre ihn sehr, sagte Doktor Block und zuckte mit der narbigen Unterlippe, aber leider sei er ein Mensch.
Das Heck des Japaners zog schnell an uns vorüber.
Er müsse sich immer vorstellen, sagte Herr Spreckelsen, was für Küsten und Kaps so ein Schiff schon gesehen und was für Stürme es erlebt habe.
»Und was für Menschen dort an Bord sind«, fügte Frau Spreckelsen nach einer Weile hinzu.
»Ja, auch.«
Die ›Nausikaa‹ begann in den Sogwellen zu schlingern. Klatschend setzte der Bug in eine Wellenschräge ein, schwang sich unter dem Rasseln der Blöcke heraus, setzte in die nächste Schräge ein, schwang sich abermals heraus und so fort, bis das Wasser sich beruhigte. Dann glitt sie wieder leicht und stetig dahin.
Kein Naturwissenschaftler wolle etwas mit Gefühlen zu tun haben, fing Doktor Block noch einmal an. Ob es sich um ein Gefühl handle, wie Torsten es eben beschrieben habe, oder um das Schaudern vor den Abgründen des menschlichen Geistes oder um das weit und breit bekannte Gefühl, das man gewöhnlich in ein Sätzchen von vier Wörtern zusammendränge. In ein Sätzchen, das es freilich in sich habe, da es seit Anbeginn der Schöpfung

das Schicksal unzähliger Menschen und damit auch den Gang der Weltgeschichte entscheidend beeinflußt habe. Die Wissenschaft kümmere sich jedoch nicht darum. Und das sei denn doch einigermaßen grotesk.
Er ließ die Hände zwischen seinen Knien herabhängen und lachte unter winzigen Nickbewegungen vor sich hin.
»Und wie heißt das Sätzchen?« fragte Torsten.
»Ach so, ich dachte, das wüßten Sie.« Er sah Frau Sprekkelsen an.
Sie schüttelte halb gleichgültig, halb belustigt den Kopf.
Da sagte Silke mit klarer Stimme: »Ich – liebe – dich.«
Ich drehte mich nach ihr um. Sie stand auf der niedrigen Reling und lehnte sich mit dem Rücken gegen den Baum des Großsegels, der sich an dieser Stelle schon etwas außerhalb des Decks befand. Das Blut war in das samtene Braun ihres Gesichtes gestiegen. Unverwandt betrachtete sie ihren rechten Fuß, den sie erhoben hatte und im Gelenk kreisen ließ.
Erstens bestünde der Satz aus drei und nicht aus vier Wörtern, sagte Torsten. Und zweitens...
Doktor Block meinte, man könne auch ›Ich habe dich lieb‹ sagen. Es klänge unpathetischer. Vier Wörter.
Und zweitens, also die Liebe, also gut und recht. Es müsse auch so etwas geben. Er für seine Person könne es aber der Wissenschaft nicht verdenken, wenn sie sich damit nicht befassen wolle. Im übrigen möchte er den schicksalsbestimmenden Einfluß der Liebe ganz entschieden bezweifeln.
»Das ist recht, Torsten«, sagte Frau Spreckelsen mit eigenartiger Betonung. Eine kaum wahrnehmbare Wendung ihres Körpers ließ mich vermuten, daß diese Unterstreichung mehr für Silke als für Torsten bestimmt war.

Silke machte nur leise »Höhö« und fuhr fort, ihren Fuß zu betrachten.

»Sie haben als echtes Kind Ihrer Zeit gesprochen«, sagte Doktor Block zu Torsten. »Es sieht in der Tat so aus, als bringe die Jugend heute nicht mehr die Kraft oder, was wahrscheinlicher ist, nicht mehr den Mut zur Liebe auf. Liebe bedeutet immerhin ein Wagnis auf Sein oder Nichtsein. Wer liebt, setzt seine Existenz aufs Spiel. Aber das ist schlecht ausgedrückt. Denn der oder die Liebende hat schon nicht mehr die Freiheit, etwas zu setzen oder nicht zu setzen. Es wird gnadenlos über ihn verfügt, ein Erdbeben findet statt, ein Weltuntergang bricht herein. Sie merken, daß ich nicht von den Lüstchen und Gelüstchen rede, die man heutigentags für Liebe ausgibt, sondern von der wirklichen Liebe, die, nach dem König Salomo, die Gewalt des Todes hat und deren Anspruch unerbittlich ist wie die Unterwelt.«

Was war denn in ihn gefahren? So konnte er doch nicht mit einem siebzehnjährigen Jungen sprechen. Oder hatte auch er seine Worte insgeheim an eine andere Adresse gerichtet? Was indessen Frau Spreckelsen betraf, so saß sie nicht anders da, als höre sie jemandem zu, der ihr von einer Reise nach Italien erzählte.

Aber Doktor Block war noch nicht fertig. Er klopfte mit dem Zeigefinger neben sich auf die Bankkante: »Liebe ist unerbittlich«, sagte er, »und Liebe ist furchtlos, weil sie nicht an sich denkt. Nur wer noch an sich denkt, fürchtet sich. Die völlige Liebe treibt die Furcht aus. Der Feige steht nicht in der völligen Liebe.«

Während ich mich noch über die Geschmacklosigkeit ärgerte, die Stelle aus dem Ersten Johannesbrief von der Liebe und der Furcht in diesem Zusammenhang anzuführen, klopfte Doktor Block abermals, um seinen Worten Nachdruck zu verleihen, auf die Bankkante:

»Wenn ich von jemandem, der wirklich liebt, verlange,

er solle zum Fenster hinausspringen, dann springt er. Und wenn ich sage: ›Spring ins Wasser!‹ dann springt er. Und wenn ich...«
War es Zufall oder Absicht, daß seine Augen, als er ›Spring ins Wasser!‹ sagte, Silkes Augen begegneten? Ich traute ihm die Absicht ohne weiteres zu. Oder suchte sein Aufblick, was ebenfalls möglich war, überhaupt Frau Spreckelsen, während Silke, die hinter ihrer Mutter am Großbaum lehnte, ihn auf sich bezog? Alles war möglich.
Ehe er fortfahren konnte, bückte Silke sich vornüber und ließ sich, zusammengeklappt wie ein Taschenmesser, zwischen Deck und Großbaum nach hinten fallen. Dann stieß sie sich mit ihren Füßen von der Reling ab, so daß sie mit einem nicht ganz geglückten Rückwärtskopfsprung ins Wasser klatschte.
»Bist du verrückt, Mädchen?« rief Herr Spreckelsen und fuhr von seinem Sitz hoch. »Halsen!« Er holte ein paarmal die unteren Speichen des Rades nach oben. Die ›Nausikaa‹ begann abzufallen.
Silkes Kopf tauchte mit triefenden Haaren auf. Sie sah zu uns herüber und schwamm schweigend hinter uns her. Die Entfernung zwischen ihr und uns vergrößerte sich schnell.
»Der Aufbau ihrer personalen Schicht ist nun mal ein bißchen verunglückt. Damit mußt du dich abfinden, Chef.« Torsten stellte sich neben die Belegklampe für die Fockschot und wartete auf das Übergehen der Segel.
»Köpfe weg!« sagte Herr Spreckelsen.
Ich warf zum richtigen Zeitpunkt die Großschot los und ließ sie so hinter der Klampe herumlaufen, daß ich die Gewalt des Baums, der unter dröhnendem Segelgeblubber von Backbord über die geduckten Köpfe hinweg nach Steuerbord sauste, zuletzt etwas abbremsen konnte. Mit halbem Ohr hörte ich, wie Frau Spreckelsen in ei-

nem fremden Tonfall zu Doktor Block sagte, man solle nie einem anderen Menschen etwas zumuten, was man nicht auch selbst zu leisten gewillt sei.
Wie Frau Spreckelsen das meine?
»Gerade so.«
Ich blickte auf. Sie standen sich gegenüber. Die Gesichter waren nahe beieinander. Zwischen Frau Spreckelsens Augenbrauen bildete sich eine Falte. Doktor Block schob seine Stirn vor, seine Kehle schluckte. Es begab sich etwas von ihr zu ihm und von ihm zu ihr, das nur sie begriffen. Plötzlich drehte er sich um und sprang, wie er ging und stand, über Bord. Mit dem Kopf voran. Zum ersten Male in meinem Leben sah ich einen Mann in voller Kleidung ins Wasser springen. Die Hosenbeine rutschten nach den Knien hin und gaben, ehe die Wellen darüber zusammenschlugen, einen Teil der Waden frei. Es machte einen lächerlichen Eindruck.
Erschrocken richtete Silke sich im Wasser auf und rief: »Nicht! Tut doch nicht nötig! Ach was!« Dann legte sie den Kopf auf die Seite und kraulte Doktor Block entgegen.
Torsten schlug sich auf den Scheitel und setzte sich, laut lachend, auf den Kajütenaufbau: »So was Dummes! Der eine ist noch mallepiffer als die andere! Das Zeitungsschreiben muß sich ja wohl aufs Gehirn werfen.«
»Mach das Fallreep klar!« sagte Herr Spreckelsen.
»Ay ay, Chef. – Ich würde sie aber ruhig noch ein wenig baden lassen.«
Als wir auf Gegenkurs lagen, fragte Herr Spreckelsen, der seine Aufmerksamkeit bislang dem Schiff zugewandt hatte, was denn in Doktor Block gefahren sei. Bei Silke müsse man sich ja immer auf etwas Ausgefallenes gefaßt machen. Aber Doktor Block sei doch ein Mann mit Verstand.
Frau Spreckelsen nahm wieder Platz: Auch einem be-

trächtlichen Verstand seien Grenzen gezogen. Offenbar habe Doktor Block die Absicht gehabt, Silke zu retten. »Er mußte doch sehen«, sagte Herr Spreckelsen, während er das Rad herumlegte und langsam zurückschwingen ließ, »er mußte doch sehen, daß sie schwimmen kann.«
»Vielleicht hat er Spaß daran. Es sollte mich nicht wundern bei seinem abenteuerlichen Gebaren.«
»Meinst du?«
Frau Spreckelsen machte mit der Linken, die auf der Waschbord ruhte, eine gleichgültige Bewegung.
In großem Bogen ging die ›Nausikaa‹, während Torsten und ich unsere Arbeit an den Schoten taten, durch den Wind und schob sich langsam erst an Silke und dann an Doktor Block heran. Sie kletterten nacheinander an Deck. Für Silke bedeutete die Nässe nicht viel. Ihre Bekleidung unterschied sich ohnehin nur wenig von einem Badekostüm. Mit den Haaren, die um ihr Kinn flossen, mit der eng an ihrem Körper klebenden Bluse und dem Wassergeglitzer auf der braunen Haut nahm sie sich noch erregender aus als vorher. Doktor Block war entschieden schlimmer dran. Ich hätte nicht geglaubt, daß eine angeklatschte Hose einem Mann so abträglich sein könne. Und als er mit einem »Entschuldigen Sie bitte!« seinen Pullover abstreifte und sich dabei das Haar strähnig über die Augen zog, verwandelte er sich vollends in einen triefenden Triton, der nur noch eine sehr entfernte Ähnlichkeit mit dem in Blumenthal an Bord gekommenen Sportsmann hatte.
»Wer den Schaden hat, spottet jeder Beschreibung«, sagte Torsten. »Weisheit des Volkes im Sprichwort. Ich würde in diesem Zustand nicht gerade auf eine Modenschau gehen an Ihrer Stelle. Auch an deiner nicht, Silke. Die Fliegenbeine, die du dir als Wimpern angeklebt hast, sind alle abgefallen.«

»Wie konnten Sie sich bloß Silkes wegen so in Ungelegenheiten stürzen, bester Doktor? Meine Frau sagt, Sie wollten sie retten. Dabei schwimmt sie wie ein Otter. Nichts für ungut. – Was haben wir denn für unseren Doktor zum Anziehen?«
»Seien Sie mir nicht böse!« Doktor Block wrang seinen Pullover aus. »Es war eine Kette von Mißverständnissen.«
Frau Spreckelsen sagte, nicht ohne einen Unterton von Ironie, das scheine ihr auch so. Torsten solle einmal nachsehen, ob Herrn Speckelsens Trainingsanzug im Spind hinge. Er werde Doktor Block wohl passen.
»Und sicherheitshalber einen kleinen Korn«, fügte Herr Spreckelsen hinzu. »Keine Rede von Bösesein.«
»Ich bitte doch, meinetwegen keine Umstände zu machen. Für den Trainingsanzug wäre ich Ihnen allerdings dankbar.«
»Du kannst so lange dein Badezeug anziehen, Silke. Deine Fähnchen sind in einer halben Stunde trocken.«
Mit gesenktem Kopf trat Silke auf Doktor Block zu.
»Ich danke Ihnen, daß Sie das für mich tun wollten oder vielmehr getan haben.« Sie nahm, sich aufrichtend, seine Hand, hob sie ein wenig an und drückte sie mit einem kleinen Stoß nach unten.
Frau Spreckelsens Finger auf der Waschbord zogen sich zusammen und streckten sich wieder.
Die Antwort, die Doktor Block gab, zeigte, daß er trotz seines tritonischen Äußeren Herr der Lage war: »Leider muß ich Ihnen gestehen, daß ich es nicht eigentlich für Sie getan habe, Fräulein Silke, sondern –« Er machte eine Pause und schüttelte die Wringdrehungen aus seinem Pullover. Auf dem entstellten Mund erschien die Andeutung eines Lächelns. Aber nur auf dem Mund. Seine Augen dachten, während sie langsam über Frau Spreckelsen hingingen, an etwas anderes. Unwillkürlich hielt ich den

Atem an. Was hatte er im Sinn? War ihm alles gleich? Kam jetzt die Zerstörung? Auch das traute ich ihm zu. –
»Nicht für Sie«, sagte er, »sondern für den ›Bremer Anzeiger‹, dem ich eine wertvolle Mitarbeiterin erhalten wollte.«
Ein Spieler, das war es. Er jonglierte mit Menschen und Gedanken. Nur mit Frau Spreckelsen jonglierte er nicht.
Dann dankte Silke ihm für die gute Meinung, die er von ihr habe. – Die linke Hüfte vorschwingend wiegte sie sich auf den Niedergang zu und sang mit stufenweise fallender Stimme »Dadada-trilla dada-trilla dada-trilla dada-trilla...« vor sich hin. Auf der Treppe wandte sie sich um und rief: »Klavierkonzert Es-Dur, Mozart, Andantino.«
Erstens gebe es, sagte Doktor Block, soweit er sich erinnere, drei Mozartsche Klavierkonzerte in Es-Dur. Er bitte darum, ihn zu verbessern, falls er sich irre. Zweitens handle es sich nicht um ein Andantino, sondern um ein Andante. Und drittens stamme die Passage aus keinem der gewöhnlichen Klavierkonzerte, sondern aus dem Konzert für zwei Klaviere und Orchester, Nummer 10.
Mir war, als wische er mit einem nachlässigen Hin und Her seines Handrückens dreimal durch Silkes Gesicht, ich konnte mir nicht helfen. Aber sie nahm die wischenden Schläge wie Liebkosungen hin. In der dunkelblauen Tiefe ihrer Augen begann es zu leuchten. Sie war ihrer Sache sicher. Wie Liebkosungen oder wie eine Auszeichnung.
Mit erhobener Hand ging sie hinunter. Doktor Block und Torsten folgten ihr.

IV

Aus dem Uferdunst an Backbordseite tauchte der Turm von Kirchhammelwarden auf, der Brake und Elsfleth mit Trinkwasser versorgt. Weiter stromabwärts deuteten sich die Häuser von Brake an. Dahinter ragten, kaum erkennbar, Mastspitzen, Kräne und Silos empor. Ein Rauchstreifen zog schräg in das Oldenburger Land hinein und verlor sich in der Ferne. In der Höhe von Brake schwebten weiße Segeltupfen und zwei hellrote Striche von Spierentonnen auf dem blinden Glanz der Wasserfläche.

Das Ruder hatte jetzt Doktor Block. Es war ihm von Herrn Spreckelsen zur Belohnung für seinen gutgemeinten Kopfsprung anvertraut worden. Der dunkelgrüne, verwaschene Trainingsanzug, der seinen Hals frei ließ und das Zwielichtige seiner Züge noch betonte, hatte ihn abermals verwandelt. Er sah nunmehr wie der umgetriebene Betreuer eines Boxers aus. Seine Füße waren nackt. Ich muß zugeben, daß es mir schwerfiel, ihn mit unvoreingenommenen Augen zu betrachten. Aber von einem Sir Richard, wie Torsten ihn genannt hatte, konnte beim besten Willen keine Rede sein. Wie mir denn die Berechtigung dieses Necknamens von Anfang an nicht hatte einleuchten wollen.

Er unterhielt sich, während er das Ruder so lässig bediente, als habe er zeit seines Lebens nichts anderes getan, mit Herrn Spreckelsen über die besonderen Eigenschaften der natürlichen Faserstoffe und der Chemiefasern. Silke, in einem gelben zweiteiligen Badeanzug, Torsten und ich hörten zu. Frau Spreckelsen war unter Deck gegangen. Das Geräusch von einer Schublade, die mühsam herausgezogen und ebenso mühsam wieder zurückgeschoben wurde, tönte undeutlich herauf.

Es zeigte sich, daß Doktor Block auch ein vernünftiges

Gespräch führen konnte, ohne Überspanntheiten und Haarspaltereien. Wahrscheinlich lag es daran, daß Frau Spreckelsen ihm nicht mehr gegenübersaß. Wußte Herr Spreckelsen so gut wie alles über Wolle, Baumwolle, Flachs, Hanf, Jute und Sisal, so sah sich Doktor Block in der Lage, mit den genauesten Kenntnissen im Bereich der synthetischen Fasern und Fäden aufzuwarten. Er hatte die spezifischen Gewichte, die Grade der Reiß-, Bruch- und Scheuerfestigkeit ebenso im Kopf wie die Daten der Feuchtigkeitsaufnahme und der Wetterbeständigkeit. Sein Gedächtnis war seine beste Waffe. Es bewegte mich, daß Herrn Spreckelsens Herz immer noch an den Naturfasern hing und daß er sie auch da noch zu verteidigen suchte, wo es eigentlich nichts mehr zu verteidigen gab. Doktor Block interessierte sich nur für die technologischen Gegebenheiten und für den Effekt. Für Herrn Spreckelsen waren noch andere Werte von Bedeutung. So nahm er während des Gesprächs immer wieder sein Fernglas vor die Augen und betrachtete die Dinge und Vorgänge auf dem Wasser: die weiße Jacht mit dem grünen Seitenschwert und der dänischen Flagge am Heck, die außerhalb des Fahrwassers ankerte, den Granatkutter, der die Netze rechts und links zum Trocknen aufgezogen hatte und wie ein schwerfälliger Vogel dahinschwankte, den Schlepper mit den drei Leichtern hinter sich, die Entenketten über dem Schilf und die Starenschwärme, die unter dem fernen Himmel wie Schleier dahinwehten, sich weich in die Länge zogen, im Steigen und Wenden wieder zueinanderdrängten und sich dann abermals zu langen, wellenden Strichen dehnten. »Wenn ich eine Baumwollschot anfasse«, sagte er, das Glas absetzend, »dann fühle ich das Leben, das darin steckt, das Ein- und Ausatmen, das Arbeiten. Ich fühle es so richtig mit der Hand. Und wenn ich meine Augen darauf ruhen lasse, dann erkenne ich, daß Hanf und Baumwolle zum

Schiff gehören, zu den verschiedenartigen Hölzern, die auch leben. Ich liebe das Material, das ein Leben in sich hat. Ihr künstliches Zeug ist tot. Glatt, perfekt und tot. Natürlich muß ich es in meiner Fabrik verwenden. Wo bliebe ich sonst? Aber gern tu ich's nicht. Tote Chemie. Ich weiß nicht, ob Sie mich verstehen.«

»Schon. Die Sache ist nur die, daß Ihnen alles Leben nichts hilft, wenn die Polyamid-Faser zehn- bis fünfzehnmal scheuerfester ist als Baumwolle. Und Baumwolle steht, wie Sie ja wissen, in dieser Hinsicht an der Spitze aller Naturfasern.«

»Der Motorkreuzer meines Prokuristen fährt vier- bis fünfmal schneller als die ›Nausikaa‹, wenn es sein muß. Und trotzdem ziehe ich mein Schiff jedem Motorkreuzer vor.«

Der arme Herr Spreckelsen. Doktor Block brauchte nicht einmal selbst zu antworten, er konnte es seiner Volontärin überlassen, das Nötige vorzubringen. Man müsse wissen, was man wolle, Geschwindigkeit oder Freude am Segeln, Scheuerfestigkeit oder ein angenehmes Gefühl in der Hand.

»Wenn wir Scheuerfestigkeit sagen, Paps, dann kannst du uns nicht entgegenhalten, es sei aber kein Leben darin. Wir wollen ja auch gar kein Leben, wir wollen Scheuerfestigkeit.«

Herr Spreckelsen zog den Schirm seiner flachen Mütze noch etwas tiefer in die Augen und sah an Silke vorbei auf den Strom hinaus.

»Sehen Sie, Fräulein Silke«, sagte ich, »es gibt Menschen auf der Welt, die so altmodisch, man könnte auch sagen, so getreu sind, daß ihnen die Echtheit einer Sache mehr gilt als der Nutzen. Man kann synthetische Edelsteine herstellen, deren kristalliner Aufbau vollkommener ist als der Aufbau der echten. Und die meisten Leute finden nichts dabei, sich mit solchen Edelsteinen zu schmücken.

Und in einem vordergründigen Sinn haben sie ja auch recht. Denn ihre Steine sind vollkommen. Aber sie sind nicht echt. Wer dem Echten den höheren Wert beimißt, obwohl es unvollkommen, nein, weil es unvollkommen ist, hat nicht recht. Sie verstehen, wie ich es meine? Nicht wahr, das Echte ist immer gegen das Rechthaben echt und gegen die Vernunft und gegen die Mehrheit.«

»Für einen Rechtsanwalt ist das...« versuchte Doktor Block mich vom Ruder her zu unterbrechen.

Aber ich ließ ihn nicht zu Worte kommen: »Wissen Sie auch, Fräulein Silke, daß die alten Fenster in den Kathedralen nur deshalb so unirdisch und geheimnisvoll leuchten, weil die Glasstücke, aus denen sie bestehen, voller Fehler sind, voller Schlieren, ungelöster Salze, Verwerfungen, Spannungen und Einsprengsel? Man merkt es ihnen noch an, daß die Hersteller mit dem Material ringen mußten.«

»Sie dürfen mir glauben«, rief Doktor Block, »daß die alten Schmelzer den Glasfluß nur allzu gern ohne die Verunreinigungen erzeugt hätten, wenn sie nur dazu imstande gewesen wären.«

»Möglich, aber unwichtig. Wichtig ist die Erkenntnis, daß sich das Echte, das Edle, das Adelige nicht in der Vollendung schenkt, sondern im Ringen um die Vollendung oder, um ganz genau zu sein, im vergeblichen Ringen um die Vollendung. Zum Adel gehört das Unterliegen.«

»Zu denken, daß wir von Hanf und Baumwolle ausgegangen sind!« sagte Doktor Block.

Ohne mich um ihn zu kümmern, fuhr ich fort: »In unseren Zeitläuften, Fräulein Silke, muß man denen die Ehre geben, die nicht in diesem billigen Verstande recht haben und deshalb von der Welt die Gestrigen genannt werden. Sie stehen auf verlorenem Posten, weil sie sich gegen das

Schicksal stemmen. Und das ist etwas Großes und Schönes, finde ich.«
Es war Herrn Spreckelsen nicht anzumerken, ob er zuhörte oder nicht. Er sah unentwegt durch sein Glas.
Das letzte Wort behielt natürlich Doktor Block. Mit einer weiten Handbewegung wischte er meine Gedanken aus. »Die einfache Tatsache, daß die Festigkeit einer Trosse über Leben oder Tod eines Schiffes entscheiden kann, verweist Ihre Perspektiven ins Reich der Poesie, woher sie ja auch stammen.«
»Und über Leben oder Tod eines Menschen«, fügte Silke hinzu.
Ich sagte, sie hätten recht, beide. Es sollte ein Stich sein. Aber sie merkten es nicht.
»Nein«, rief Torsten, »sie haben nicht recht. Wenigstens nicht... ach so, Sie haben es so gemeint! Andererseits... es ist aber auch schwer, sich im Leben zurechtzufinden.«
»Sie sitzen auf dem Leitdamm.« Herr Spreckelsen beugte sich mit dem Glas vor. »Da ist die ›Señorita‹ auch schon einmal aufgebrummt, vor dem Orlog. Nun können sie zehn Stunden warten, bis sie wieder freikommen. Jawohl, das ist der Leitdamm. Wollen Sie mal sehen?« Er reichte mir das Glas.
»Wo, Chef?«
»Das Muttschiff da vorn. Hat wahrscheinlich Torf geladen.«
Etwa dreißig Meter vom Oldenburger Ufer entfernt lag ein kleines flaches Segelschiff quer zum Strom. Ich erkannte das grüne Ruderhaus und die Ladung, die mit einer geteerten Persenning verdeckt war. Ein Mann mit einer dunkelblauen Schirmmütze stieß eine Stange ins Wasser, um die Tiefe festzustellen.
»Ist da denn ein Damm?« fragte ich. »So weit vom Ufer weg?«

»Ja, ein Damm oder mehr eine mit Flechtwerk befestigte Stufe. Anderthalb Meter hoch ungefähr. Jetzt geht der Strom noch über sie hinweg, aber bei Niedrigwasser wird sie sichtbar.«

»Wie soll ich das verstehen? Eine Stufe, die parallel zum Ufer verläuft?«

»Ganz recht. Keine senkrechte Buhne, sondern eine stufenartige Flechtwerkangelegenheit, die einen zweiten Uferabfall darstellt. Eins der vielen Kunststücke unserer Strombauingenieure, durch die sie dem Wasser ihren Willen aufzwingen. Der Schiffer hat nicht achtgegeben und ist daraufgeraten. Ob er einem Entgegenkommer hat ausweichen wollen oder warum er sonst darauf verfallen ist, von seinem Kurs abzuweichen, weiß ich nicht. Jedenfalls sitzt er nun fest und muß warten, bis die Flut sein Schiff wieder von dem Damm abhebt. Wann haben wir das nächste Hochwasser, Torsten?«

»Morgen früh gegen fünf Uhr.«

»In Bremen um sechs Uhr dreiundzwanzig«, sagte Doktor Block.

»Kann hinkommen. – Er wird sich schön ärgern. Darf ich das Glas mal haben?«

Ich reichte es ihm.

Frau Spreckelsen tauchte mit einem Paar verstaubter Bordschuhe aus dem Niedergang auf. Schön seien sie gerade nicht, sagte sie zu Doktor Block, aber sie täten es wohl noch.

Beflissen sprang er auf, um ihr die Schuhe abzunehmen. Da er aber das Rad nicht loslassen konnte, mußte er sich damit begnügen, ihr seine Rechte entgegenzustrecken.

»Tausend Dank! Nett von Ihnen, daß Sie sich diese Mühe gemacht haben. Danke schön!«

Keine Ursache, Frau Spreckelsen habe sowieso nach unten gehen und ihr Armband in den Eckschrank legen wollen. »Auf einem Schiff bleibt man damit gar zu leicht irgendwo hängen. Kinder, erinnert mich nur daran, daß ich es morgen abend wieder überstreife! Es ist mein liebstes Schmuckstück.«

Doktor Block setzte sich hin und versuchte, die Schuhe mit einer Hand anzuziehen. Als verstünde es sich von selbst, ließ Silke sich vor ihm nieder und half ihm dabei. Das Demütigende dieser Gebärde tat mir weh.

»Weißt du, wer das ist, Marlo?« sagte Herr Spreckelsen hinter seinem Glas. »Das ist Veenstra aus Friesoythe. Natürlich ist er das. Wie heißt sein Schiff doch gleich?«

Frau Spreckelsen sah mit ihren indianischen Augen nach dem Muttschiff hinüber. »Du kannst recht haben. Zeig mal!« Sie faßte nach dem Glas. »Jaja, das ist er. – ›Hillegreet‹ heißt das Schiff.«

»Richtig, ›Hillegreet‹.«

Wie Doktor Block und ich erfuhren, hatte Schiffer Veenstra während des Krieges das Haus Spreckelsen mit Torf und allerlei nahrhaften Dingen versorgt. Nicht zu seinem Schaden, denn die Tauwerkfabrik konnte mit ihren Erzeugnissen Gegengaben bieten, die den Schiffern und Bauern am Hunte-Ems-Kanal gleichermaßen willkommen waren. Seit zwei Jahren hatten sie sich nicht mehr gesehen, Spreckelsens und Schiffer Veenstra.

»Wollen wir ihn nicht abschleppen, Chef?« fragte Torsten.

»Selbstverständlich schleppen wir ihn ab.« Herr Spreckelsen wies Doktor Block an, näher an das Ufer heranzugehen. »Oder soll ich mal so lange das Ruder haben?« Er stellte sich neben das Rad, warf einen Blick auf die Segel und bewegte die Speichen. »Hol die Schleppleine herauf, Torsten! Und wenn Sie sich bitte bereithalten wollen«, wandte er sich an mich, »das Großsegel wegzunehmen, sowie ich Anweisung gebe. – Silke, klar bei Fockfall.«

»Die Herren Spreckelsen«, sagte Silke zu Doktor Block,

während sie nach vorn schlenderte, »haben heute ihre soziale Woche.«
In kleiner Fahrt näherte sich die ›Nausikaa‹ dem Muttschiff. Ich konnte am Heck bereits den eingekerbten und mit weißer Farbe nachgezogenen Namen ›Hillegreet‹ und darunter den Heimathafen ›Friesoythe‹ entziffern.
»Hallo«, rief Herr Spreckelsen hinüber, »wie sieht's in Friesoythe aus?«
Der Mann richtete sich auf und knurrte: »Hö?« Aber dann legte er den Kopf etwas zurück vor Überraschung und ließ die Hand auf seinen Oberschenkel fallen. »Sind Sie das, Herr Spreckelsen?«
»Immer noch. Pech gehabt, wie ich sehe.«
»Kann ja auch kein Mensch wissen, daß sie da so ein vogeliges Ding unter Wasser errichtet haben.«
»Dann wollen wir Sie mal abschleppen.«
»Wär' nicht verkehrt.«
Aus dem Luk tauchte ein Junge mit weißblonden Haaren auf und starrte zu uns herüber. Wir waren jetzt auf einer Höhe mit der ›Hillegreet‹. Herr Spreckelsen brachte die ›Nausikaa‹ in den Wind und befahl: »Weg mit dem Großsegel! Weg mit der Fock!« Unter dem Gerassel der Rutscher und Stagreiter rauschten die beiden Segel herab. Mit erhobenen Armen schützte Doktor Block Frau Spreckelsen und sich davor, zugedeckt zu werden. Torsten, der die aufgeschossene Leine auf Deck gelegt hatte, warf Silke und mir ein paar lange Zeisinge zu und ging uns beim Zusammenraffen und Festbinden des Tuches zur Hand. Inzwischen hatte Herr Spreckelsen den Motor angelassen. Die ›Nausikaa‹, die ein Stück abgetrieben war, gehorchte wieder dem Ruder und wiegte sich mit langsam laufender Schraube auf die ›Hillegreet‹ zu.
Schiffer Veenstra teilte uns mit, sein Schiff sitze bis über den Mittelspant auf dem Leitdamm. Hoffentlich reiche die Kraft des Hilfsmotors aus, es freizukriegen.

»Na, wollen mal sehen«, sagte Herr Spreckelsen.
Das eine Ende der Schleppleine wurde achtern auf der ›Nausikaa‹, das andere auf der ›Hillegreet‹ belegt. Dann drehte Herr Spreckelsen mit brummendem Motor ab. Schlürfend schnellte die Leine aus dem Wasser und kam steif. Ein feiner Sprühregen ging nieder. In ohnmächtigem Eifer zappelte unsere Schraube auf der Stelle. Die ›Hillegreet‹ rührte sich nicht.
»Noch einmal«, sagte Herr Spreckelsen. Er bedeutete Schiffer Veenstra, die Leine einzuholen, die Torsten inzwischen losgeworfen hatte. Die ›Nausikaa‹ beschrieb einen Dreiviertelkreis und schlingerte wieder an die ›Hillegreet‹ heran. Als die Verbindung hergestellt war, nahm Herr Spreckelsen einen neuen Anlauf. Beim Steifkommen der Leine hob sich die ›Nausikaa‹ vorn etwas aus dem Wasser und sank zurück. Wir hatten Mühe, das Gleichgewicht zu bewahren. Die gepolsterte Nase des Beiboots bumste gegen das Heck. Aber die ›Hillegreet‹, deren Mast kaum merklich gezittert hatte, blieb, wo sie war.
»Ihr Motor schafft es nicht«, sagte Schiffer Veenstra. »Wenn Sie eine Viertelstunde eher dagewesen wären, hätte es vielleicht was werden können. Aber jetzt ist das Wasser schon zu weit gefallen.«
Herr Spreckelsen meinte, aller guten Dinge seien drei. Die ›Nausikaa‹ solle diesmal mit dem Strom und mit allem, was im Motor steckte, an der ›Hillegreet‹ vorbeibrausen. Dann her mit der Leine und schräg abgedreht, schräg in den Ebbestrom hinein! Wenn auch das keinen Eindruck auf das spröde Mädchen mache, sei ihr freilich nicht zu helfen. Aber es müsse alles ruckzuck gehen. »Zwei Mann, ich selbst und Doktor Schleef, nehmen achtern und mittschiffs die Leine wahr. Torsten sorgt mit dem Bootshaken dafür, daß sie nicht in die Schraube gerät. Und Doktor Block

setzt sich wieder ans Ruder. Kommen Sie her, Doktor! Alles klar?«

Torsten sagte, ihm sei ein bißchen zweierlei zumute. Wenn wir nun dem Kahn den Hintern abrissen? Er habe doch schon unter Großherzog Wittekind als Truppentransporter gedient.

»Besser den Hintern«, lachte Silke, »als gar nichts. Ich möchte ja mal...«

Mit einem unwilligen Schlag auf die Waschbord schnitt Frau Spreckelsen ihr das Wort ab. Sie stand auf und lehnte sich neben dem Niedergang an den Kajütsaufbau. »Komm hierher, daß du aus dem Wege bist!«

Silke stellte sich an die andere Seite des Niedergangs.

»Also, Meister, rechtzeitig die Leine werfen!« rief Herr Spreckelsen. »Wir haben im Vorbeirauschen nur ein paar Sekunden Zeit zum Belegen.«

Schiffer Veenstra stieß den Zeigefinger von unten gegen seine Mütze.

Wie weit Doktor Block zurückfahren solle?

»Zweihundert bis zweihundertfünfzig Meter. Bis zu den schwarzen Pfählen dahinten. Dann wenden Sie und kümmern Sie sich um nichts anderes als um Ihren Kurs! Nicht zu hart abdrehen, daß wir möglichst wenig Fahrt verlieren, drei Strich etwa.«

Auf den ersten Blick hatten Silke und Frau Spreckelsen, wie sie da Seite an Seite standen, die eine in ihrem zweiteiligen Badeanzug, die andere im knappen Pullover, eine überraschende Ähnlichkeit miteinander. Da Silke durch den entblößten Hüftansatz reifer und durch die hängenden Strähnen fraulicher wirkte, als sie tatsächlich war, während die schwarze Haarkappe, die das linke Ohr frei ließ, und der schlanke Wuchs Frau Spreckelsen etwas jugendlich Verwegenes gaben, verwischte sich der Altersunterschied, so daß man sie sehr wohl für Geschwister hätte halten können. Sah man indessen genauer hin, so gewahrte man oder gewahrte ich bei Silke eben doch dies unruhige Wittern, das ich so liebte, diese halbe Unschuld und Preisgegebenheit an die wilde Welt und die unentwegte Verteidigungsbereitschaft, die damit zusammenhing. Immer, wenn ich sie ansah, freute ich mich, daß ich ein Mann war.

Mein Platz war, wie Herr Spreckelsen mir bedeutete, auf dem Seitendeck neben dem Oberlicht. Er selbst ging nach achtern. Wer von uns beiden die Leine zu fassen bekäme, die Schiffer Veenstra werfen würde, sollte sie mit der größten Geschwindigkeit am nächsten Poller belegen. Torsten stach mit dem Bootshaken in der Luft herum, als übe er sich im Speerwerfen.

Gleichmütigen Gesichts brachte Doktor Block die ›Nausikaa‹ auf Gegenkurs und steuerte mit voller Kraft das Heck der ›Hillegreet‹ an, wo Schiffer Veenstra mit der Leine bereit stand.

»Werfen!« rief Herr Spreckelsen.

Die Leine flog in Schlangenlinien herüber. Aber weder Herrn Spreckelsen noch mir gelang es, sie aufzufangen, weil Doktor Block etwas zu früh abgedreht hatte. Vielmehr war es Torsten, der sie mit dem Bootshaken aus der Luft herunterholte und festmachte. Unmittelbar danach gab es einen Ruck und dann einen schwirrenden Knall. Frau Spreckelsen zuckte mit einem kehligen Stöhnen zur Seite, hob die Hände vor ihre Augen und beugte sich langsam vor. Die Leine war gerissen und mit einem Peitschenhieb quer über ihr Gesicht geschnellt. Bevor wir andern begriffen, was sich ereignet hatte, war Doktor Block schon, ohne sich weiter um das Ruder zu kümmern, auf sie zugesprungen und hatte sie aufgefangen. Das verlassene Rad wirbelte herum, die ›Nausikaa‹ legte sich nach Backbord über und schoß mit rauschender Bugwelle auf den Leitdamm zu, der noch immer vom Wasser überströmt wurde. Als Herr Spreckelsen, nach kurzer Erstarrung, von hinten in die Speichen faßte, war es schon zu spät. Der schräge Kiel scheuerte ein Stück über das Flechtwerk und drückte das Vorschiff hoch. Dann saß die ›Nausikaa‹ ebenfalls fest. Knappe zwanzig Meter neben der ›Hillegreet‹.

Zunächst kümmerte sich niemand darum. Wir sahen alle auf Frau Spreckelsen, die, von Doktor Block gehalten, vorgebeugt, immer noch ihr Gesicht mit den Händen bedeckte.

»Marlo«, sagte Herr Spreckelsen mit gepreßter Stimme, »um Gottes willen, was ist denn?«

Vorsichtig ließ Doktor Block sie los, stand aber bereit, wieder zuzugreifen, wenn es nötig sein sollte.

Frau Spreckelsen richtete sich auf und gab ihr Gesicht frei. Ein breiter Striemen, dessen Ränder zusehends anschwollen, lief von der rechten Stirnseite über den Nasenrücken schräg nach unten. An einigen Stellen sickerte Blut hervor. Nachdem sie die Augen ein paarmal geöffnet und geschlossen hatte, bemühte sie sich zu lächeln.

»Es war nur die Überraschung. Entschuldigt bitte! Und dann hatte ich Angst, es sei etwas mit meinem Auge geschehen.« Sie betupfte mit dem Mittelfinger die aufgeschlagene Braue und betrachtete die Fingerkuppe. »Ich sehe wohl ziemlich schlimm aus?«

»Wir holen gleich einen Arzt«, sagte Herr Spreckelsen. »Ich schlage vor, daß du dich erstmal ein bißchen hinlegst. Unten.«

»Aber nein. Wegen so einer Schramme. Und nun wollen wir nicht mehr davon reden. Du machst ja ein Gesicht, Torsten, als hätte es mir den Kopf abgeschlagen.«

»Dann wärest du zeitlebens ein Krüppel geblieben, Mumms. Daß es aber auch gerade dich erwischen mußte. Ringsherum liegt ganz Europa, und ausgerechnet dort, wo unsere Mumms ihre kleine Nase hat, haut das Ding hin.« Er faßte sie bei den Armen, streckte seinen

Kopf gegen sie vor und bewegte sie hin und her. »Ich habe einen schönen Schrecken gekriegt. Von wegen Schramme! Guck mal in den Spiegel!«
Silke schwieg und preßte die Lippen aufeinander. Ihr Gesicht war todblaß.
Hatte sie es auch gesehen? Eigentlich hätte sie es sehen müssen, sogar noch besser als ich. Sie stand ja Doktor Block gerade gegenüber. Ihre Augen hingen an seinem Gesicht. Und ihr Verhalten ließ immerhin vermuten, daß es ihr nicht entgangen war. Aber ebensogut konnte die Verschlossenheit und Blässe auch von der Sorge um ihre Mutter herrühren. Ich hielt es zwar nicht für wahrscheinlich, war jedoch meiner Sache nicht sicher.
Als Frau Spreckelsen getroffen wurde und sich krümmte, ging in Doktor Blocks Zügen eine so jähe und gewaltsame Veränderung vor, daß mir der Atem fortblieb. Wenn ich auch die ganze Zeit über vermutet hatte, sein Alltagsgesicht sei eine Maske, hinter der sich allerlei Unzugängliches abspielte, so war ich doch auf das Offenbarwerden einer solchen Leidenschaft und Verfallenheit nicht gefaßt. Alles Spielertum, alle Wissenschaft und Überlegenheit schwanden dahin, die Maske schwand dahin, als habe ein feuriger Hauch sie versengt, und sekundenlang erschien das Gesicht eines Liebenden, eines verzweifelt Liebenden, in seiner Schamlosigkeit und schrecklichen Schönheit. Überdies irrlichterte eine von Entsetzen verdunkelte Zärtlichkeit darüber hin, die ich ihm nie zugetraut hätte. Aber ich erblickte sie mit meinen eigenen Augen. Handelte es sich denn wirklich um denselben Doktor Block, dem es beliebt hatte, sich mit der Relativitätstheorie anzulegen und sich über die naturwissenschaftlichen Köpfe zu mokieren, um denselben, der mit Silke umgesprungen war, als sei sie ein dressiertes Hündchen? Ich konnte es kaum glauben, zumal die Verwandlung, indem sie geschah, auch schon ihr Ende

fand. Sie hatte beinahe nicht stattgefunden. Doktor Block eilte auf Frau Spreckelsen zu und verhielt sich, wie jeder andere sich verhalten hätte, wenn er an seiner Stelle gewesen wäre.
Was hatte Silke von alledem gesehen? Das plötzliche Aufflackern der Wahrheit mußte, sofern es in ihr Bewußtsein gedrungen war, wie ein Schlag auf sie niedergefahren sein, gegen den der Peitschenhieb über Frau Spreckelsens Gesicht die reine Tändelei war. Ich wagte nicht, mir die Vernichtung vorzustellen, die er bei ihr angerichtet haben mochte. Er hatte ja ein Herz getroffen, das in der ganzen Arglosigkeit der Jugend schwebte und bebte. Aber es stand auch so mit mir, daß ich nicht unbedingt wünschte, die Wahrheit sei ihr verborgen geblieben. Ich wünschte es und ich wünschte es nicht. Und das Nichtwünschen war stärker als das Wünschen. So kann es manchmal um einen Menschen bestellt sein.
Die Wunde müsse ganz leicht mit Lanolin oder Borsalbe behandelt werden, sagte Doktor Block. Weiter nichts, kein Verband, nichts. Dann heile sie am schnellsten. Ob dergleichen vorhanden sei?
Torsten hatte gelernt, man solle so eine Wunde mit Jod bepinseln.
»Befaßt euch lieber mit dem Schiff! Ich komme schon zurecht.« Frau Spreckelsen wandte sich dem Niedergang zu. »Was habt ihr denn mit dem Schiff gemacht?«
Aus Silkes Mund zischte ein verächtliches Auflachen. Es zischte wirklich.
»Lach nicht, altes Affengespenst!« fuhr Torsten sie an. Weder er noch Herr Spreckelsen hatten bislang ein Wort über die Strandung verloren. »Weiß schon, Chef: Anker hinten heraus. Komm her, Affengespenst!«
Er kletterte ins Beiboot, Silke folgte ihm und schob die Ruder in die Dollen. Mit ein paar Zügen brachte sie das Boot neben das Vorschiff. Herr Spreckelsen und ich lie-

ßen den Anker hinunter, den Torsten in Empfang nahm. Dann ruderte Silke achteraus. Die Kette rauschte hinter dem Boot her.
»Bißchen mehr Backbord!« rief Herr Spreckelsen. »Noch ein bißchen! Warte, ich stecke noch mehr Kette. Gut so. Fallen Anker!«
Torsten warf das Eisen über Bord.
»Und jetzt die Leine zusammenknoten und am Mast der ›Hillegreet‹ belegen. Aber mit Beeilung. Das Wasser läuft uns weg. – Würden Sie bitte«, sagte er zu mir, »das Schwert hochziehen?«
Ich ging nach unten.
Als die beiden zurückkamen, verteilte Herr Spreckelsen die Rollen. Doktor Block und mich stellte er an die Ankerwinsch. Wir sollten das Schiff durch Aufwinden der Kette rückwärts an den Anker heranziehen. Torsten sollte durch rhythmische Rucke an der Leine den Kiel losarbeiten. Und Herr Spreckelsen selbst wollte, am Bug stehend, versuchen, die ›Nausikaa‹ mit einer langen Stange, die vorn eine Eisenspitze und oben einen runden Knopf hatte, vollends von dem Damm herunterzudrücken.
»Achtung!« rief er. »Drei – zwei – eins: los!«
Ich warf mich aus Leibeskräften gegen die Kurbel. Neben mir arbeitete Doktor Block so verbissen, daß ein ächzendes Würgen aus seiner Brust drang. Er beabsichtigte wohl, seinen Fehler wieder gutzumachen.
»Sie kommt«, rief Torsten. Wir gaben unsere letzten Kräfte her. Auch Herr Spreckelsen, der den Knauf der Stange gegen seinen Bauch gesetzt und sich weit nach vorn gelegt hatte, stöhnte hörbar vor Anstrengung. Aber außer einer kleinen Verschiebung, die nicht der Rede wert war, erreichten wir nichts. Im Gegenteil, die ›Nausikaa‹ schien jetzt noch fester auf dem Damm zu sitzen als vorher.
Als wir uns aufrichteten und den Atem durch die Zähne

stießen, rief Schiffer Veenstra herüber, wir dürften nun nicht mehr an der Leine reißen, sein Schiff halte es nicht aus.
Torsten brummte etwas von einem morschen Holzschuh.
»Es hat sowieso keinen Zweck«, sagte Herr Spreckelsen. »Wir kriegen sie nicht los.« Er bewegte die Spitze seiner Stange im Wasser hin und her, um den Schlamm abzuspülen. »Wenigstens nicht mit eigener Kraft.«
Torsten meinte, im Laufe der Zeit werde die ›Nausikaa‹ hinten wohl so weit absinken, daß sie von selbst herunterrutsche. »In drei Stunden, schätze ich. Das Wasser fällt jetzt ja verdammt schnell.«
»Sagen wir in zwei Stunden. – Hol den Anker herauf und leg ihn zwischen Schiff und Ufer! Etwas stromaufwärts. Und reichlich Kette stecken!«
»Ay ay, Chef. Und dann könnten wir eigentlich noch etwas legen, nämlich ein ausgewachsenes Abendessen, nämlich auf Stapel. – Los, Silke, in die Kombüse! Ich kann vor Hunger nicht mehr geradeaus sehen.«
Silke gehorchte wortlos.

V

Da Schiffer Veenstra und der flachsköpfige Junge an unserem Abendessen teilnahmen, wie Herr Spreckelsen es gewünscht hatte, konnten wir nicht alle in der Plicht unterkommen. Torsten hockte auf dem Fender, und Silke saß auf der Treppe des Niedergangs und kehrte uns ihren braunen Rücken zu. Unterhalb des verknoteten Tuchstreifens, der den Oberteil ihres zitronengelben Bikinis bildete, schimmerte die Haut etwas heller. Ich konnte das kleine Mal, das sich dort befand, deutlich erkennen.

Die anderen sechs oder sieben dunklen Pünktchen, die über ihren Rücken verstreut waren, verloren sich in der Bräune. Es gab Kartoffelsalat, Würstchen und Bier. Der Junge sei sein Enkel, sagte Schiffer Veenstra. »Er ist auf den Namen Udo getauft. Eine gute Hilfe für mich. – Das magst du wohl essen, Udo, was?«

Udo, der bereits fertig war, ehe wir andern recht angefangen hatten, wischte mit dem Rest seiner Bockwurst den Teller aus und nickte.

»Geben Sie ihm noch einen ordentlichen Schlag Kartoffelsalat!« forderte Herr Spreckelsen mich auf. »So ein Junge muß essen, bis er keine Luft mehr kriegt. – Wieviel Würstchen kannst du noch gebrauchen, Udo?«

Mehr als zwei wollte Schiffer Veenstra nicht zulassen. Oder höchstens drei, weil Herr Spreckelsen gerade davon spreche. Er war so frei, sich selbst auch gleich zu versorgen.

»Was will Udo trinken? Prickelwasser? Da hat man noch nach einer halben Stunde was von, wenn einem das Gekribbel in die Nase steigt. – Hol mal eine Flasche Sprudel herauf, Silke! Für Udo. – Herr Veenstra, noch ein Bier?«

»Angenehm«, sagte Schiffer Veenstra.

Unmerklich hatte die Dämmerung eingesetzt. Am Zenit herrschte noch die mattblaue Helligkeit. Aber weiter unten dämpfte ein zarter Dunst das Blau zu goldenem Grau, das immer gelber und lichtloser wurde und sich am Himmelsrand zu einem rauchigen Braun verdichtete. Die Gebüsche am Ufer verloren ihre Farben und Tiefen und verwandelten sich mehr und mehr in flächige Schatten. Bei den nahen war noch ein Hauch von Grün vorhanden. Die fernen schienen nur aus hingetuschten Schiefertönen zu bestehen. Noch weiter landeinwärts erhoben sich in diesigem Violett die verwischten Umrisse von vereinzelten Baumgruppen und Strohdächern.

Man konnte jetzt schon erkennen, daß die ›Nausikaa‹ sich hinten senkte. Das Wasser hatte den schrägen Schlickstrand zwischen dem Ufer und dem Leitdamm zu einem guten Drittel freigegeben. Aus kleinen Prielen flossen sickernde Rinnsale in den Strom.
»Um auf unser Gespräch zurückzukommen«, sagte Doktor Block, während er sein erhobenes Bierglas betrachtete. »Eine synthetische Trosse hätte den Zug ausgehalten.«
Torsten nickte kauend gegen seinen Teller und sah Doktor Block von unten herauf an: »Und ein synthetischer Rudergänger hätte...«
Ob sie noch jemandem Kartoffelsalat anbieten dürfe, fragte Frau Spreckelsen. Sie richtete ihre Augen auf Torsten und zog die Brauen ein wenig hoch. Es genügte, um ihn verstummen zu lassen.
Udo streckte ihr seinen Teller entgegen.
»Du hast ja noch, mein Junge«, lachte Frau Spreckelsen, tat ihm aber doch ein paar Löffel auf.
Schiffer Veenstra meinte, sie müsse es vielmals nicht für ungut nehmen. »Von Bescheidenheit bei Tische hat er noch nicht viel gelernt. – Sag danke schön, Udo! – Und wenn ich Sie auch mal eben belästigen dürfte.«
Er bekam gleichfalls sein Teil. »Und du, Silke?«
Das schwarze Haar bewegte sich auf Silkes Nacken ein bißchen hin und her. Sie schüttelte den Kopf.
Doktor Blocks Gedanken waren noch immer bei den Trossen. Im Hafen von Catania, Sizilien, hatte er einmal erlebt, vor zwei Jahren bei einem schweren Sturm, wie die Trosse eines Dampfers, der an der Pier festgemacht hatte, riß und einem Matrosen das Bein abschlug. Unterm Knie. Der Mann war über Bord gefallen und ertrunken. Durfte man so etwas heraufbeschwören, nur weil eine Hanftrosse romantischer war als eine synthetische?

»Selbst Stahltrossen brechen«, sagte Herr Spreckelsen.
»Weil Stahl rostet. Das ist es ja.«
»Nicht nur deshalb.«
Torsten könne sich nicht helfen, aber er halte es nicht für verkehrt, daß es doch noch die eine und andere Gefahr bei der christlichen Seefahrt gebe. Ohne Gefahr sei das Leben kein Leben.
Ich wandte ein, die Reeder hätten, was den Mangel an Gefahren angehe, eine andere Ansicht. Sie verlören in jedem Jahr soundso viele Schiffe. Auch heute noch.
Torsten habe gemeint, im Vergleich zu früher. Früher sei die Seefahrt noch ein wunderbares Abenteuer gewesen, eine Sache für Männer. Heute stelle sie ein Transportunternehmen dar mit automatischer Steuerung, Radar und Funkpeilung.
»Lesen Sie einmal«, sagte ich, »die Jahresberichte der ›Deutschen Gesellschaft zur Rettung Schiffbrüchiger‹! Und hinter die Behauptung, daß ein Leben ohne Gefahr kein Leben sei, möchte ich doch ein großes Fragezeichen setzen. Nicht die Gefahr macht ein Leben tief und lebensvoll und nicht das Abenteuer. Ganz abgesehen davon, daß Frauen auch ein tiefes Leben führen. Oft genug ein tieferes und lebensvolleres als die Männer.«
Frau Spreckelsen beugte sich vor und vollführte mit ihrem Glas eine grüßende Bewegung zu mir her. Der wunde Striemen, der wulstig angeschwollen war, besonders über der Stirn, glänzte von Vaseline. Auf dem Nasenrücken hatte sich das Blut dunkel verkrustet. Man konnte denken, sie trage eine Maske, so fremdartig wirkte ihr Gesicht. Nur die Augen hatten ihren Glanz behalten.
»Sondern?« fragte Torsten.
»Bitte?«
»Nicht die Gefahr und das Abenteuer machen ein Leben tief und lebensvoll, sondern?«

»Vielleicht die Menschlichkeit.«
»Darunter kann man vielerlei verstehen.«
»Ich meine die Mitmenschlichkeit.«
»Immer noch ziemlich verschwommen.«
»Zu wissen, daß man nur dann ein Mensch ist, wenn man sich mitverantwortlich für die Menschen fühlt, denen man begegnet. Leben ist Miteinanderleben. Daraus ergibt sich alles andere.«
»Bißchen wenig«, sagte Torsten.
Frau Spreckelsen war der Meinung, es sei, im Gegenteil, sehr viel. Zu viel sogar.
»Na ja«, sagte Torsten und beschäftigte sich wieder mit seinem Teller.
Schiffer Veenstra wies Udo an, ein paar Kartoffelscheibchen in dem Dickflüssigen auf seinem Teller zu zerdrücken, damit nichts umkomme.
»Kann ich auch auflecken«, sagte Udo.
»Mußt du nicht, wenn du bei feinen Leuten bist.«
Der Wind war fast gänzlich eingeschlafen. Manchmal atmete noch ein schwaches Wehen über die Wasserebene und rief da und dort leise Trübungen hervor, die aber nach wenigen Augenblicken lautlos vergingen. Dann war der Strom wieder ein klarer Spiegel, in dem sich die Zartheiten des Himmels langsam wandelten. Zeitweilig ruhte die Welt in völliger Stille. Und wenn ein Geräusch aus der verhüllten Ferne herüberdrang, das Muhen einer Kuh, ein kurzes Gehämmer, ein Hundebellen, das Summen eines Flugzeugs, dann diente es nur dazu, die Stille noch zu vertiefen.
»Danke vielmals«, sagte Doktor Block. »Es war der beste Kartoffelsalat meines Lebens. Aber nun ist es genug. Ich möchte, daß er mir morgen auch noch schmeckt.«
»Und übermorgen«, lachte Torsten.
Mit einer Entschuldigung rückte Doktor Block von Frau Spreckelsen ab. Nicht er, sondern das Gesetz der schie-

fen Ebene, das sich unwiderstehlich geltend mache, sei für seine Zudringlichkeit verantwortlich.

Ich sah, wie Silke vom Niedergang her einen schnellen Blick über ihre Schulter warf.

Wir alle tasteten nachgerade nach einer Stütze für unsere Füße, um uns auf den Plichtbänken halten zu können. Die Schräglage der ›Nausikaa‹ nahm von Minute zu Minute zu.

In einer halben Stunde, sagte Herr Spreckelsen, werde das Wasser bis an den Damm zurückgegangen sein. Dann könnten wir von dort aus versuchen, das Schiff in den Strom zu drücken. »Hast du wirklich keine Schmerzen, Marlo?«

»Nicht der Rede wert. Ich fühle schon, wie es anfängt zu heilen.«

»Trotzdem wäre ich ruhiger, wenn ein Arzt einen Blick auf die Wunde werfen würde. In Kirchhammelwarden muß doch...«

»Aber ich bitte dich!«

»Mit einer schmutzigen Trosse ist nicht zu spaßen. Und eine Blutvergiftung im Gesicht...«

»Wir wollen nicht mehr davon reden. – Ihr Schiff liegt ja noch schön waagerecht, Herr Veenstra.«

Das sei erstens nicht gut und zweitens auch wieder nicht gut, sagte Schiffer Veenstra. Die ›Hillegreet‹ habe sich so weit auf den Schlick geschoben, über das Flechtwerk weg, daß sie sich hinten nicht senken könne. Wenn das Wasser weiter falle, hänge das Heck in der Luft. Hoffentlich breche es nicht ab. Und von Herunterrutschen könne auch keine Rede sein. Er müsse warten, bis das Wasser wieder hochkomme. Und das sei schlecht, das Warten.

»Wir lassen Ihnen etwas zu trinken da, dann trägt sich's leichter.«

»Ich bin so frei.« Aber bezüglich der Verpflegung habe er sich auch nicht auf eine so lange Sicht eingedeckt.

»Das trifft sich bestens«, sagte Torsten. »Unser Kartoffelsalat ist etwas üppig geraten. Mit einem kleinen Lastenausgleich dürfte beiden Teilen gedient sein. Nicht wahr, Mumms?«
»Was für einen guten Sohn ich doch habe! Er will gern hungern, wenn andere nur satt werden.«
Wieder rückte Doktor Block von Frau Spreckelsen ab. Aber mehr in Gedanken als mit Absicht. Man merkte ihm an, daß ihn etwas beschäftigte. Er richtete sich auf: »Sie verstehen die Jugend nicht, verehrter Herr...« Seine Finger schnippten, sein Blick traf mich von der Seite. »Ich kann doch Ihren Namen nicht behalten.«
»Schleef«, sagte Torsten.
»Natürlich. Mit Ihrer Menschlichkeit, verehrter Herr Schleef, oder Mitmenschlichkeit kommen Sie bei der heutigen Jugend nicht an, wie man so sagt. Und warum nicht? Weil die Jugend nicht lieben, sondern hassen will. Eine auf den Kopf gestellte Antigone. Und das mit Recht.«
Schweigen.
Udo zog seine Nase kraus und gab einen leichten Aufstoßer von sich.
»Um Verzeihung«, sagte Schiffer Veenstra unterm Essen.
In der Mitte des Stroms sprang ein Fisch. Der glucksende Laut tönte noch im Ohr, als die Stille ihn längst verschluckt hatte.
Hassen und auch noch mit Recht? Nein, das konnte Frau Spreckelsen nicht gelten lassen.
»Es ist etwas daran, Mumms«, sagte Torsten.
»Im Haß«, fuhr Doktor Block fort, »steckt mehr Ehrlichkeit als in der sogenannten Liebe. Jugend und Ehrlichkeit gehören aber durchaus zusammen. Für jeden jungen Menschen ist der Mörder Kain interessanter als der Konformist Abel. Und nicht nur interessanter, son-

dern auch verständlicher. In dem Hasser, Empörer und Totschläger erkennt die Jugend sich selbst. Sie fragen, was sie denn haßt und was sie denn totschlagen will? Immer dasselbe: die Institution, das glatt Ablaufende, das Geordnete, das Gesicherte. Und immer denselben: den Nutznießer der Institution, den Bewahrer, den Funktionär, den Bürger in jeder Gestalt.«

Torsten wiederholte, es sei etwas daran.

Die Jugend, sagte Doktor Block, empöre sich gegen das Lebensfeindliche, als welches sie den Plan und die Organisation empfinde. Sie wolle das Leben. Immer. Und heute ganz besonders.

Ich konnte mir nicht versagen, die Anmerkung zu machen, darum also schlüge sie tot.

»Ganz recht«, antwortete Doktor Block, »um des Lebens willen schlägt sie tot. Sehen Sie sich doch um! Weil die Natur sich nicht scheut, zu töten, kann sie so viel Leben hervorbringen. Weil sie die Fülle des Lebens will, muß sie töten.«

»Von der Natur läßt sich das allenfalls hören. Was aber die Jugend betrifft, so haben Sie vorläufig nur vom Hassen und Totschlagen gesprochen. Wo bleibt die Fülle des Lebens? Kann es überhaupt eine Lebensfülle ohne Liebe geben? Kann Haß Leben schaffen?«

»Leben ist Ursprünglichkeit. Eine stärkere Ursprünglichkeit als der Haß läßt sich nicht denken.«

»Das ist eine Behauptung, mehr nicht.«

»Die ich beweisen werde.«

»Ich warte darauf.«

Mir war nicht eben behaglich zumute. Wenn ich auch keinen Augenblick daran zweifelte, daß ich im Recht und Doktor Block im Unrecht war, so kam es jetzt darauf an, seinem Beweis zu widerstehen. Und er würde nach allem, was ich bislang von ihm vernommen hatte, seine Sache mit Scharfsinn und Rücksichtslosigkeit füh-

ren. War ich ihm gewachsen? Es ging weniger um mich als um Silke und Torsten. Ich stand fest auf meinem Platz, ich wußte, was ich wußte, auch wenn ich seiner diabolischen Dialektik schließlich nichts mehr entgegenzusetzen haben würde als mein unbeirrbares Vertrauen, das sich nicht beweisen ließ. Sonst wäre es ja kein Vertrauen. Aber Silke und Torsten liefen Gefahr, seiner Verführungskunst zu unterliegen. Ich konnte es Silkes Rükken, den sie uns noch immer zukehrte, ansehen, wie aufmerksam sie zuhörte. Und Torsten verhehlte ohnehin nicht, daß er sich angesprochen fühlte.
Nichts mache die Jugend so aufsässig wie die Sicherheit und Sattheit rings um sie her. Er, Block, wolle nicht verschweigen, daß er jedes Verständnis dafür aufbringe. Das Verlangen Torstens nach einer kleinen Bombe, die den eintönigen Gang der Schulstunden belebe, habe seine Berechtigung. Alles müsse heute nach Plan und Vorschrift verlaufen. Auch das Menschenleben. Der verplante Mensch sei aber der erwürgte Mensch. Wer lasse sich gern erwürgen, zumal mit zwanzig Jahren.
»Was verstehen Sie«, fragte Frau Spreckelsen, »unter einem verplanten Menschen? – Gar so lange können wir aber hier nicht mehr sitzen. Es wird doch unbequem.«
Herr Spreckelsen hoffte, daß es nicht mehr lange dauere.
»Aber wenn du lieber an Land willst, Marlo, trage ich dich natürlich hinüber.«
So dringend sei es auch wieder nicht.
»Der Mensch wird verplant«, sagte Doktor Block, »das heißt seines eigenen Entschlusses beraubt oder doch in seiner Entschlußfreiheit eingeschränkt, beim Eintritt in die Grundschule, beim Übergang in die höhere Schule, beim Verlassen der Schule, beim Beginn der Lehre, beim Besuch der Hochschule oder Universität, bei der Fortbildung im Beruf, beim Aufstieg in eine gehobenere Stellung. Und zwar durch Prüfungen, Tests, Numerus clau-

sus und durch all die Einrichtungen, die ihn unter eine fremde Entscheidung stellen.«

Wenn Herr Spreckelsen seine Lehrlinge testen lasse, dann geschehe es nur zu ihrem Besten.

»Ich bezweifle nicht«, sagte Doktor Block, »daß man allerlei Hörenswertes zugunsten der Planung vorbringen kann. Ebenso unbestreitbar ist aber auch, daß gewisse Gruppen junger Menschen sie als eine Tyrannei empfinden und daß sie sich ihrem Würgegriff entziehen, daß sie leben, in radikaler Freiheit leben wollen. Das Nichts scheint ihnen einen besseren Sinn zu haben als die rationalisierte und durchorganisierte Welt unserer Tage, die sie verachten und hassen. Sie lechzen geradezu nach Irrsinn, nach Unbehaustheit und Gefahr, denn sie haben noch Phantasie. Aber die Welt der Erwachsenen, das dichte Räderwerk der Kontore, Werkstätten, Fabriken, Läden, Konstruktionsbüros und Laboratorien, gibt ihrer Phantasie keinen Raum mehr. Darum halten sie es mit der Vernichtung in jeder Gestalt. Und darum haben sie ihre dumpfe Lust an der Katastrophe, an allem Unberechenbaren und Unbegreiflichen bis hin zum Verbrechen, bis hin zum Mord. Was bleibt ihnen denn anderes übrig, wenn sie sich nicht zu Rädern, Zahlen und Material entwürdigen und entselbsten lassen wollen? Um sich schlagen, beißen, schießen, Bomben legen! Es ist Wahnsinn und Verzweiflung, jawohl. Aber ein berechtigter Wahnsinn und eine heldenhafte Verzweiflung. Ich kann ihr meine Bewunderung nicht versagen.«

Torsten schlug mit der rechten Faust in seinen linken Handteller.

»Auch dann nicht«, fragte ich, während ich Silkes gespannten Rücken betrachtete, »wenn Sie derjenige wären, den die Messerstiche und Kugeln träfen?«

»Auch dann nicht. Aber ich würde mich zu wehren wissen. Das können Sie mir glauben.«

»Hoffentlich! Ich sage das nicht Ihretwegen. Mir tut vielmehr der junge Mensch leid. Ein Mörder kann nicht mehr wirklich leben. Es wäre aufschlußreich, einmal zu erfahren, was Sie eigentlich unter Leben und unter Freiheit verstehen.«
»Wenn ich da eben mal...« unterbrach Torsten mich.
»Einen Augenblick, Torsten! Ich möchte Herrn Doktor Block erst noch etwas entgegenhalten: Statt sich mit jemandem, er sei, wer er wolle, solidarisch zu erklären, der seine dumpfe Lust am Verbrechen bis hin zum Mord hat, sollten Sie ihn lieber sehr nachdrücklich darauf aufmerksam machen, daß er dadurch alles mögliche werden kann, aber auf keinen Fall frei. Wer vernichtet, auch geistig vernichtet, ist dem Nichts untertan oder besser dem Nichtenden. Sie können sich dabei denken, was Sie wollen. Ich bestreite nicht, daß die technisierte und rationalisierte Welt den Menschen bedroht. Jeden Menschen übrigens und nicht nur den jungen. Lassen Sie uns doch endlich aufhören, den jungen Menschen als etwas Besonderes hinzustellen! Junge Menschen sind nicht anders als Sie und ich. Höchstens daß sie ihre Dummheiten weniger ernst nehmen als wir die unseren. Aber kann man der Bedrohung wirklich nur mit Mord und Totschlag begegnen? Kann man ihr überhaupt mit so etwas begegnen? Läuft das nicht auf den bekannten Versuch hinaus, den Teufel durch Beelzebub auszutreiben? Ich wüßte sinnvollere Gegenmächte zu nennen. Und was die Phantasie betrifft, steht es denn tatsächlich so, daß sie in der veränderten Welt keinen Spielraum mehr hat? Klingt Ihre Behauptung nicht ein bißchen nach Schreibtisch und Literatur? Seit wann läßt sich die Phantasie durch die Wirklichkeit einschränken? Radikale Freiheit, was heißt das? Das heißt, Kampf aller gegen alle und mithin radikale Unfreiheit. Ich muß noch weiter zurückgehen mit meinen Fragen. Gibt es tatsächlich jemanden, der so

gottverlassen ist, daß er glaubt, das Bild des Menschen durch Beißen und Umsichschlagen retten zu können? Und abermals einen Schritt zurück: haben Sie uns wirklich die Gedanken und Gefühle der jungen Menschen geschildert, oder haben Sie ihnen Ihre eigenen Gedanken und Gefühle untergeschoben? Unbewußt, wie ich annehmen will, und unabsichtlich. Und schließlich: ich warte immer noch darauf, daß Sie, wie versprochen, den Satz beweisen, eine stärkere Ursprünglichkeit als der Haß sei nicht denkbar.«

»Das braucht er nicht zu beweisen.« Silkes Stimme klang hart und fremd. »Das ist so!« Sie stieß die Worte hervor, ohne sich umzudrehen. Man konnte meinen, sie riefe sie jemandem zu, der unten in der Kajüte war.

Schon während des Sprechens hatte ich mich darüber geärgert, daß es mir nicht gelingen wollte, meine Gedanken ruhig und überlegen vorzutragen. Alles kam viel zu scharf und viel zu überhastet heraus. Wer überzeugen will, muß gelassen bleiben. Auf Silke hatte meine Entgegnung jedenfalls keinen Eindruck gemacht. Und auf Torsten auch nicht, wie sich gleich herausstellte. Er sagte, sooft er sich hinsetze und über das Leben nachdenke, so richtig nachdenke, ende es in Heulen und Zähneklappen wegen der völligen Sinnlosigkeit. Immer, also immer und immer. Darum denke er schon gar nicht mehr nach. Und das halte er ja auch wieder nicht für richtig. Wenn das Leben aber keinen Sinn habe, dann sei doch alles erlaubt, jedes Verbrechen, auch der Mord. Oder wie?

»Wenn, Torsten, wenn! Aus der Tatsache, daß Sie und viele andere Menschen noch keinen bleibenden Sinn gefunden haben, folgt durchaus nicht, daß es einen solchen Sinn nicht gibt. Darin haben Sie allerdings recht: Wenn das Leben sinnlos ist, kann jeder tun und lassen, was er will. Aber ist es sinnlos?«

»Ja«, sagte Silke laut vor sich hin. Ihr Rücken sah jetzt nach Trotz und Ingrimm aus.

Doktor Block stemmte sich ein Stück die Bankschräge hinauf und klammerte sich an die Waschbord: »Sollte ich so mißverstanden sein? Ich habe mit keinem Wort angedeutet, daß ich für meine Person von der Sinnlosigkeit des Lebens überzeugt sei.«

Silkes Kopf ruckte in den Nacken. Ich vernahm den verächtlichen Luftstoß aus ihrer Nase, der den Ruck begleitete.

»Bedenken Sie«, wandte ich mich wieder an Torsten, ohne Silke aus den Augen zu lassen, »daß Ihr Leben schon sinnvoll wird, wenn Sie nur eine einzige Sekunde seiner Dauer dazu verwenden, jemandem eine winzige Freude zu machen, oder wenn Sie nur ein einziges Mal einer krabbelnden Ameise ein Steinchen aus dem Weg räumen. Es ist sehr schwer, nein, es ist unmöglich, ein sinnloses Leben zu führen. Ganz abgesehen davon, daß Sie ja gar nicht beurteilen können, was für einen Sinn diese oder jene Ihrer Handlungen im unendlichen Werden und Wirken der ganzen Schöpfung haben mag.«

»Mystik«, sagte Doktor Block. »Über Mystik kann man nicht diskutieren. Entschuldigen Sie.«

»Machen Sie es sich jetzt nicht etwas gar zu leicht?«

»Der vornehmste Sinn des Lebens – ich mache es mir nie leicht – der vornehmste Sinn besteht darin, jede falsche Sinngebung zu zerstören.«

»Also doch Zerstörung.«

»Um der Freiheit willen.«

»Womit der Kreis sich geschlossen hat. Sie nennen jede Sinngebung falsch, die Ihrer Freiheit im Wege steht, einer Freiheit, die auf die schrecklichste Unfreiheit hinausläuft, weil sie gar keine Freiheit sondern Anarchie ist. Echte Freiheit gibt es nur da, wo Bindungen eingegangen und Opfer gebracht werden, aus Einsicht.«

»Das müssen Sie mir noch näher erklären«, rief Torsten. »Ich dachte, Freiheit sei das Gegenteil von Bindung.«
Herr Spreckelsen erhob sich. Er hatte, wie mir nicht entgangen war, unser Gespräch mit wachsendem Unbehagen verfolgt. Jetzt hielt er den Augenblick für gekommen, dem, wie er meinte, fruchtlosen Hin und Her ein Ende zu machen. »Nichts für ungut, meine Herren, aber wir dürfen das Schiff nicht ganz aus den Augen verlieren. Ich beantrage eine Vertagung Ihrer gewiß sehr fesselnden Debatte. Wenn wir uns mit vereinten Kräften gegen den Bug stemmen, sollten wir die Jacht wohl freikriegen. Das Wasser ist inzwischen so weit gefallen, daß wir trockenen Fußes auf dem Flechtwerk stehen können.«
»Ist noch zu früh, Chef«, sagte Torsten. »Warum sollen wir uns denn jetzt schon quälen? Nachher geht's leichter.«
»Kommen Sie!« Herr Spreckelsen ging nach vorn und ließ sich auf den Leitdamm hinunter. Ich sollte mich mit Torsten gegen die eine Bugseite drängen, während er selbst mit Doktor Block die andere in Angriff nehmen wollte. Frau Spreckelsen, Silke, Schiffer Veenstra und Udo mußten sich unterdessen auf dem schmalen Achterdeck von Steuerbord nach Backbord und von Backbord nach Steuerbord bewegen, alle auf einmal und immer wieder, um die Klemme der Dammpfähle zu lockern.
Wir taten, was wir irgend konnten. Das graue Gezweig krachte unter unseren Halt suchenden Füßen, aus dem schlammigen Sand quoll das Wasser, unsere Schultern schoben sich knirschend an der Bugwand hoch, aber die ›Nausikaa‹ war nicht zu erschüttern.
»Hätte ich nicht gedacht«, sagte Herr Spreckelsen. Er war so erschöpft, daß er husten mußte.
Torsten, der sich wieder an Bord geschwungen hatte, reichte Herrn Spreckelsen die Hand und zog ihn hoch.

»Noch zu früh, Chef. In einer Stunde sprechen wir noch einmal darüber. – Darf ich Ihnen helfen, Herr Doktor?«
»Danke! Soo... Danke!« Ich folgte Herrn Spreckelsen.
»Wie schwer ist Ihr Schiff eigentlich?«
»Na, es wird nicht viel an dreißig Tonnen fehlen.«
»Da können vier Mann allerdings wenig ausrichten.«
»Heben natürlich nicht. Aber herunterschieben schon. Möchte man wenigstens meinen. Ich vermute, daß der Kiel sich in den Zwischenraum zwischen zwei Pfählen hineingearbeitet hat. Anders kann ich mir diese Hartnäckigkeit nicht erklären. Wenn das Wasser weiter gefallen ist, werden wir dahinterkommen. – Laß dich einmal ansehen, Marlo!« Er legte die Hände auf die Schultern seiner Frau und faßte, während er sie hin und her drehte, den geschwollenen Striemen scharf ins Auge. »Gefällt mir nicht, gefällt mir nicht. Ehe du nicht beim Arzt gewesen bist, habe ich keine Ruhe. Bitte, tu mir die Liebe! Es wird noch eine gute Weile dauern, bis wir die Segel vorheißen können. Du bist dann längst wieder zurück.«
Frau Spreckelsen sah zwar nicht ein, warum sie einen Arzt bemühen sollte. Sie spüre die Wunde kaum noch. Nur daß die Haut sich etwas spanne. Aber gut, wenn Herrn Spreckelsen so viel daran gelegen sei, könne sie den Spaziergang ja machen. »Schaff das Geschirr in die Kombüse, Silke, und setz Wasser zum Abwaschen auf! – Silke!«
Langsam erhob Silke sich. Ihr finsterer Blick schien niemanden zu gewahren.
»Oder hat jemand noch Hunger?« fragte Frau Spreckelsen.
Udo hielt ihr wortlos seinen Teller entgegen.
»Gib ihm noch etwas, Silke!«
Doktor Block war Frau Spreckelsen beim Verlassen der

schrägen Plicht behilflich. Ob er die Ehre haben dürfe, sie zu begleiten? Auf dem Rückweg würde es schon dunkel werden.

»Aber nur, wenn Sie einen Eid ablegen, mich weder mit explodierenden Sternen noch mit Kugeln und Messerstichen zu unterhalten.«

»Schon geschworen. Ich wäre ein trauriger Patron, wenn mir an Ihrer Seite nichts Freundlicheres einfiele.«

In der Linken hielt Silke die Schüssel mit Kartoffelsalat, in der Rechten den großen Löffel. Sie sah den beiden nach, wie sie das Fallreep, das Torsten über die Bugreling gehängt hatte, hinunterkletterten und durch den Schlick dem Ufer entgegentappten. Als Frau Spreckelsen ausglitt und die Arme erhob, um das Gleichgewicht zu halten, faßte Doktor Block nach ihrer Hand. Sie überließ sie ihm.

Udo mußte seinen Teller mehrere Male gegen Silkes Oberschenkel stoßen, ehe sie ihn bemerkte. Sie holte mit einem schlürfenden Schluchzen Luft, entblößte die Zähne und ließ den Löffel mit aller Kraft auf den Teller niedersausen, der in hundert Stücke zerklirrte. Dann schmetterte sie die Schüssel mit beiden Händen auf den Boden der Plicht. Der Kartoffelsalat spritzte umher. Sie lief nach vorn und sprang so ungestüm über Bord, daß sie in den Schlick fiel. Aber sie war sofort wieder auf den Beinen und rannte quer über den Strand auf ein Weidengebüsch zu, in das sie, die Arme vor ihr Gesicht haltend, eintauchte. Gleich darauf war sie verschwunden.

»Ich glaube, die wird nicht wieder«, sagte Torsten.

VI

Die Dämmerung verdichtete sich zur Nacht. Von der Ankerlaterne, die im Vorstag hing, ging ein schwacher Schein aus, der dem vorderen Teil der Jacht etwas von einer unwirklichen Theaterdekoration verlieh. Wenn ich die Armbanduhr nahe an meine Augen brachte, konnte ich die Zeiger gerade noch erkennen. Es war achtzehn Minuten nach zehn Uhr. Im Nordwesten stand noch ein ungewisses Glimmen am Himmelsrand, dessen Widerschein wie ein graues Gerieseln über dem Strom schwebte. Die ›Nausikaa‹ lag jetzt so schräg, daß man beim Gehen die Hände nicht weniger gebrauchen mußte als die Füße. Zuletzt hatten wir versucht, sie mit einer Bohle loszuheben, die uns von Schiffer Veenstra zur Verfügung gestellt worden war. Aber auch damit hatten wir keinen Erfolg gehabt. Es blieb uns nichts anderes übrig, als uns zu gedulden, bis die Flut das Ihre tun würde.

Torsten saß mit angezogenen Beinen rechts, ich links neben dem Vorluk auf den schrägen Decksplanken. Die andern waren auf die ›Hillegreet‹ übergesiedelt, wo sie sich's auf der Torfladung bequem gemacht hatten. Ihre schattenhaften Umrisse vergingen in der dumpfen Dunkelheit. Hin und wieder glühten zwei rötliche Punkte auf: die Zigaretten, die Herr Spreckelsen und Doktor Block rauchten. Was die Ankerlaterne betraf, so hielt Schiffer Veenstra nicht viel davon.

Übrigens hatte der Arzt, dessen ebenso altmodische wie bestrickende Umgangsformen Frau Spreckelsen gewissen Jugendlichen nur zur Nachahmung empfehlen konnte, wiederholt versichert, es bestehe kein Anlaß zu irgendwelcher Sorge. Und Doktor Block war es trotz der späten Stunde gelungen, sich mit neuer Wäsche auszurüsten. In dem muffigen Laden habe es aber nur Hemden in Puddingfarben gegeben. Wir seien gebeten, nicht so genau hinzusehen.

Ich wußte nicht, ob Silke noch an Land war oder sich den anderen zugesellt hatte. Vorhin war sie ein Stück auf dem Deich entlang gegangen und dann wieder verschwunden. Ich hatte bei mir erwogen, ob es richtig sei, ihr zu folgen, war aber zu der Ansicht gelangt, sie werde, wenn sie mich erblickte, davonlaufen, und hatte es lieber sein lassen.

Das schlürfende Geräusch des Ebbestroms wurde leiser und leiser und verstummte schließlich ganz. Nur manchmal tupfte ein verlorenes Geglucker an die Bordwand. Woher mochten die winzigen Wellen kommen? Das Wasser bewegte sich nicht, die Luft auch nicht. Nacht und Schweigen lag über den Ufern. Es war, als halte die Welt während der wenigen Minuten zwischen dem Vergehen der Achterebbe und dem Einsetzen der Flut den Atem an. Nur die vereinzelten Sterne, die undeutlich im Zenit sichtbar wurden, schwankten im schwarzgrauen Dunst: rechts Wega und links Deneb, oder umgekehrt, und darunter Atair.

»Warum glauben Sie«, fragte Torsten mit halber Stimme, »daß der Mensch nur dann wirklich frei ist, wenn er sich bindet?«

Ich zog meine Knie an und faltete die Hände davor: »Bitte denken Sie nicht...«

»Wie kann denn«, fiel er mir ins Wort, indem er seine Hand auf meinen Arm legte, »ein Gebundener noch frei sein?«

»Nur der Gebundene ist frei. Aber ich möchte eigentlich über etwas anderes mit Ihnen sprechen. Bitte denken Sie nicht, ich wolle Ihrer Frage ausweichen! Es ist eine Lüge, vielleicht sogar die Lüge aller Lügen von Urzeiten her, daß der Mensch die Freiheit in sich selber suchen und finden könne. Wer ehrlich ist, muß zugeben, daß er in sich

selber nur die Unfreiheit findet, wie tief er auch eindringt, nur das Ausgeliefertsein an fremde und erbarmungslose Gewalten und an den Tod. Die wirkliche, die ungeheure Freiheit erkennt der Mensch nur, wenn er sie nicht erkennt. Es läßt sich nicht anders ausdrücken. Man hat sie nur, wenn man sie nicht hat. Sie löst, indem sie bindet, sie macht zum Herrn, indem sie zum Knecht macht. Und nur in dieser Knechtschaft und Gebundenheit kann einer frei sein. Nur.«
»Ach so«, sagte Torsten unsicher. »Und... und was verstehen Sie unter der ungeheuren Freiheit? Ich meine...«
»Das wissen Sie doch.«
»Ich weiß es und ich weiß es nicht. Sie drücken sich so abstrakt aus.«
»Wir können gern noch darüber sprechen. Aber später. Jetzt habe ich etwas anderes auf dem Herzen. Torsten, wir müssen Ihrer Schwester helfen, Sie und ich. Hauptsächlich Sie.«
»Daraus ersehe ich, daß Sie noch nicht viel von Silke wissen. Ich bin der letzte, von dem sie sich helfen läßt.«
»So auch nicht. Sie darf überhaupt nicht merken, daß ihr geholfen wird. Manchmal ist eine Hilfe um so wirksamer, je unauffälliger sie geschieht. Aus verschiedenen Gründen.«
»Da mögen Sie recht haben. Was ist denn los mit Silke? Sie meinen doch nicht das Theater zwischen ihr und Sir Richard?«
»Doch, das meine ich.«
»Nun fangen Sie auch noch davon an! Sie elendet uns schon genug damit. Bei jedem Abendessen geht es los: ›Doktor Block sagt aber...‹ – ›Das muß ich noch mit Doktor Block besprechen...‹ – ›Habt ihr schon den Leitartikel von Doktor Block gelesen?‹ Wenn der Name

Block fällt, benimmt sie sich, als hätte sie eine Hummel im Hintern. Sie haben es also auch gemerkt?«

»Ich habe noch mehr gemerkt.«

»Aha. Dann können wir ja offen darüber reden. Von Mann zu Mann. Silke... also... tja, she is in love with him. Meinen Sie das?«

Obwohl er mein Gesicht nicht sehen konnte, bemühte ich mich, nicht zu lächeln. ›Von Mann zu Mann‹ hatte er gesagt mit dem Ernst seiner siebzehn Jahre. Mein Lächeln wäre auch nur ein Lächeln der Zuneigung gewesen.

»Sehen Sie, Torsten«, sagte ich, »es gibt Ereignisse, die man nur verstehen kann, wenn man sie selbst erlebt hat. Ich glaube nicht, daß Sie schon einmal blindlings umhergegangen sind und sich in die Fäuste gebissen haben vor Qual und Zerrissenheit in Ihrer Brust. Oder doch?«

»Qual und Zerrissenheit, weswegen?«

»Wegen eines Mädchens.«

»Nicht die Spur.« Er schob die Lukenkappe zu, drehte den Schlüssel um, schloß wieder auf und zog die Kappe zurück. »Ich habe andere Sorgen.«

»So steht es aber jetzt mit Silke. Schimpfen Sie nicht! Sie kann nichts dafür. Kein Mensch kann etwas dafür, wenn es ihn ergreift. Und sie ist nun einmal von diesem furchtbar Schlimmen und furchtbar Guten ergriffen. Das Leben ist für sie zu etwas Unheimlichem und Fremdem geworden, sie findet sich nicht mehr zurecht, sie ist wie der Stern da, der sich im dunklen Strom spiegelt. Davon müssen wir ausgehen.«

»Aber spürt sie denn gar nicht, daß dieser Doktor Block nicht nach ihr fragt? Nicht die Bohne. Er macht sich doch nur lustig über sie.«

»So einfach liegen die Dinge nicht.«

»Ich bitte Sie, was soll denn auch ein Mann, der so viel in der Antenne hat, mit einem Mädchen wie Silke anfan-

gen? Er hat nämlich eine ganze Menge in der Antenne, alles, was recht ist. Und wenn sie sich ihm an den Hals wirft, kann er sich doch nur über sie lustig machen.«
»Ach Torsten, er macht sich nicht nur lustig, er quält sie auch. Und ganz bewußt. Das ist jedenfalls mein Eindruck. Er weiß, daß sie von ihm fasziniert ist, von dem Vielerlei, das er in der Antenne hat, um Ihren Ausdruck zu gebrauchen, und daß er mit ihr umspringen kann, wie es ihm beliebt. Und da hat er seinen verdammten Spaß daran, mit ihr zu spielen und sie zu quälen.«
»Meinen Sie? Das wäre ja eine Gemeinheit. Und dann könnte man immerhin verstehen, warum sie sich so verrückt benimmt mit Tellerkaputthauen und Inswasserspringen und allem.«
»Wenn Sie Ihre Schwester ganz verstehen wollen, müssen Sie noch mehr wissen.«
»Noch mehr?«
»Mit Silke spielt er. Aber mit einem anderen Menschen spielt er nicht. Nein, ganz und gar nicht. Da ist er vielmehr derjenige, der zappelt und sich windet.«
Torsten rückte ein wenig von mir ab und sah mich von der Seite an. »Doch nicht mit...?«
»Ja ja«, sagte ich.
»Doch nicht mit Mumms?«
»Ich habe mich den ganzen Nachmittag über Silkes Blindheit gewundert. Aber vorhin ist sie dahintergekommen. Und nun...«
Den Kopf hintenüber legend lachte Torsten mit lautlosen Atemstößen zum dunstigen Nachthimmel empor. »Da wird er sich aber wundern! Da kann er aber lange zappeln! Mumms? Du liebe Zeit!«
»Und nun handelt es sich nicht nur um Liebe, sondern auch um Haß. Um beides. Bei Silke.«
»Das geht doch nicht, zugleich hassen und lieben.«
»Mit der Liebe und dem Haß hat es eine verwickelte Be-

wandtnis. Der Haß hebt die Liebe nicht auf, er verstärkt sie eher noch. Und ein Haß, hinter dem eine wilde und verzweifelte Liebe lodert, ist unberechenbar. Deshalb müssen wir ihr helfen.«
»Aber wie?«
»Wir müssen sie vor allen Dingen im Auge behalten. Sonst macht sie womöglich eine Dummheit. Jetzt hat sie sich erst einmal verkrochen wie ein Tier, das auf den Tod verwundet ist. Aber...«
»Wo steckt sie denn überhaupt?«
»Irgendwo am Ufer. In den Gebüschen da oder im Schilf. Sie wissen doch, wie gefährlich ein verwundetes Tier sein kann? Mit einem verwundeten Menschen steht es nicht anders. Und dann kommt auch noch dieser unverantwortliche Doktor Block daher und faselt von einem Recht auf Mord. Am liebsten hätte ich ihn über Bord geworfen.«
»Immerhin haben Sie ihm eine ganz hübsche Banane in die Kehle gesteckt.«
»Es war mir aber nicht um ihn, sondern um Silke zu tun. Und ich fürchte, daß keine meiner Entgegnungen bis an ihr Bewußtsein gedrungen ist. In ihrem jetzigen Zustand hört sie aus allem nur das heraus, was ihren Gefühlen und Gedanken Vorschub leistet.«
»Hm. Mag sein. Jaja. Und was nun?«
»Wir müssen sie gut im Auge behalten. Sie ist zu allem Möglichen fähig.«
»Das ist sie. Und zu allem Unmöglichen. Schon immer. Silke!«
Von links, von Brake her, schob sich ein Dampfer heran. Die Gischtwelle vor seinem schwarzen Bug schimmerte bleich durch die Dunkelheit. Wir sahen beide nach ihm hinüber. Der Vordersteven wuchs höher und höher in den Himmel hinein. Langsam trieb der große Schatten heran und vorbei, begleitet von den Lichtern im Topp

der beiden Masten. Die Schraube arbeitete fast lautlos. Über Luk I war eine Arbeitssonne eingeschaltet, die das Verladegeschirr und den unteren Teil des stehenden Gutes beleuchtete. Aber keine Seele ließ sich blicken. Auch als irgendwo das Getriller einer Bootsmannspfeife ertönte, rührte sich nichts. Ein Geisterschiff. Mit stillem Glühen zog das grüne Steuerbordlicht vorüber. Durch die Helligkeit, die eine nackte elektrische Birne auf dem Achterdeck verbreitete, wurde der geisterhafte Eindruck noch verstärkt.

»Ein Franzose«, sagte Torsten. »Wahrscheinlich von der Compagnie Générale Transatlantique.«

»Können Sie den Schornstein denn erkennen?«

»Brauche ich nicht. So schöne Schiffe werden nur in Frankreich gebaut. Die Compagnie muß einen Künstler verpflichtet haben, der ihren Schiffsentwürfen so den letzten und feinsten Schliff gibt. Selbst bei Nacht geht einem auf, wie ausgewogen alles ist. Fühlen Sie das nicht auch?«

Das weiche Rauschen der Sogwellen, die wirbelnd und sich überschlagend am Ufer entlangeilten, kam auf uns zu. Schwerfällig senkte sich das Heck der ›Nausikaa‹, stieg mit einem Ruck empor, fiel zurück und ruckte abermals hoch.

Während ich noch überlegte, ob Torsten mit seiner Behauptung über die französischen Schiffe recht habe, fiel unter Deck irgendein Gegenstand zu Boden. Noch einer. Und dann tappte jemand die Treppe des Niedergangs herauf. Es war Silke. Sie hatte sich eine Jacke oder einen kurzen Mantel übergezogen. Ihre nackten Beine sahen heller aus als bei Tage.

»Mir soll es gleich sein«, sagte sie. »Aber das Schiff macht Wasser.«

Torsten richtete sich auf: »Und sonst fehlt dir nichts? – Wieso treibst du dich eigentlich da unten herum? – Ist na-

türlich das Bilgewasser«, sagte er zu mir, »das sich bei der Schräglage achtern angesammelt hat.«
»Kannst ja mal in den Motorraum gucken.«
Ich stand auf und fragte Torsten, ob eine Taschenlampe an Bord sei.
»Natürlich. Warten Sie! Ich komme mit.«
Beim Hinuntergehen faßte Torsten in ein Seitenfach und holte eine Stablampe heraus. Als er den Strahl nach hinten auf die Tür zum Motorraum richtete, die sich durch die Lage des Schiffes schräg unter uns befand, sahen wir, daß sie zu einem Viertel vom Wasser bedeckt war. Die beiden Bodenbretter davor schwammen bereits.
Torsten stieß einen Pfiff aus. »Wie kommt das Wasser ins Schiff?«
»Leckage?«
»Muß ja wohl. Aber wovon? Vorn könnte ich es mir schon erklären. Aber hier hinten?«
»Und wie kriegen wir das Schiff wieder dicht?«
»Junge, Junge, das sieht böse aus! Wenn wir das Leck nicht in der nächsten Viertelstunde gefunden und abgedichtet haben, läuft das Schiff voll. Die Flut kann es dann hinten nicht mehr anheben. Vielleicht schon jetzt nicht mehr.«
Er zog seine Schuhe aus, platschte ins Wasser und öffnete die Tür. Ein kalter, fauliger Hauch wehte uns entgegen. Im Licht der Stablampe schillerten die Ölflecke auf der schwarzen Brühe in allen Regenbogenfarben. Wie der Rücken eines Wassertiers ragte die grüne Kuppe des Motorblocks heraus.
»Sollte der Auspuff undicht geworden sein?« Torsten gab mir die Lampe. »Sehen Sie zu, daß Sie herausfinden, woher das Wasser kommt.«
Er zog sich nach oben. Ich hörte, wie er die Unglücksnachricht zu Herrn Spreckelsen hinüberrief. – Die Ölflecke trieben langsam dahin und dorthin. Aber eine Be-

wegung, die den Ort des Lecks angezeigt hätte, vermochte ich, wohin ich den Lampenstrahl auch richtete und wie weit ich meinen Kopf auch vorstreckte, nicht zu entdecken. – Silke hatte also unser Gespräch mitangehört. Dadurch war alles nur noch schlimmer geworden. Viel schlimmer. Unsere Worte mußten wie Messerstiche in ihr verwundetes Herz gefahren sein. Wer konnte aber auch vermuten, daß sie in der Kajüte saß? – Seit wir heruntergekommen waren, hatte sich das Wasser schon eine Handbreit auf der Bodenschräge vorgeschoben. Es ging beängstigend schnell.
Eilige Schritte tappten übers Deck, die Treppe knarrte. Herr Spreckelsen stützte sich beim Niederknien auf meine Schulter: »Haben Sie etwas entdeckt? – Schwierig, schwierig.« Er spähte, vornübergebeugt, in den Motorraum. Sein Atem fuhr hörbar aus dem offenen Munde. »Geben Sie einmal die Lampe her! – Nichts zu sehen. – Mag auch sein, daß sich oben am Heck eine Fuge geöffnet hat. – Das ist eine Sache!«
Ich fragte ihn, ob wir nicht eine Kette bilden und mit Eimern schöpfen könnten.
»Zu spät«, sagte Torsten, der hinter uns stand. »Das Wasser muß gleich übers Achterdeck laufen. Und dann von oben in die Plicht. Und dann ist es aus.«
Herr Spreckelsen erhob sich: »Schöpfen hat keinen Zweck. Wir werden Mühe haben, daß wir unsern Kram noch rechtzeitig in Sicherheit bringen. – Habt ihr es denn nicht eher gemerkt? Ihr wart doch an Bord.«
Torsten sagte, wir hätten auf dem Luk gesessen und uns etwas erzählt. »Wer denkt denn an so eine Geschichte?«
»Ich hätte es gemerkt. An der Art, wie sich das Schiff in den Sogwellen benahm. Schwamm darüber! Alle Hände an die Arbeit! Ich gebe die Sachen nach oben. Torsten nimmt sie in Empfang. Die beiden Doctores schaffen sie

auf die ›Hillegreet‹. Zuerst über den Strand. Wenn das Wasser steigt, mit dem Beiboot. Meine Frau und Silke stapeln sie drüben auf. Los! Wir haben keine Minute zu verlieren.«

Es war kaum zu glauben, was alles in der ›Nausikaa‹ steckte: Auflegematratzen, Decken, Kissen, Kleidungsstücke, Wäsche, Ölzeug, Geschirr, Eßgeräte, Nahrungsmittel, Bücher, Seekarten, Flaschen, Koffer, Säcke, Taue und dergleichen. In kurzer Zeit hatten wir uns so aufeinander eingespielt, daß die Gegenstände zügig von Hand zu Hand wanderten. Wenn ich von der ›Hillegreet‹ zurückkam, stampfte Doktor Block durch den Schlick zu ihr hin, und wenn ich hinüberstampfte, kam er zurück. Torsten hatte die Ankerlaterne an das Backbordwant gebunden, so daß wir erkennen konnten, was wir mit unseren Händen anfaßten. In demselben Maße wie die ›Nausikaa‹ leerer wurde, schwollen die Stapel drüben an. Ich wunderte mich über Frau Spreckelsen. Während sie sich bislang kaum betätigt, ja eine gewisse Lässigkeit und Trägheit an den Tag gelegt hatte, griff sie jetzt mit Entschiedenheit und mit einer erstaunlichen Kraftentfaltung zu. Schiffer Veenstra begnügte sich damit, von Zeit zu Zeit zu fragen, wann wir die Sachen denn am Land schaffen würden. »Sie können ja schon damit anfangen«, sagte ich schließlich. – Uh nee, das wolle er wohl bleiben lassen. – Dagegen beteiligte sich Udo unentwegt am Tragen. Daß sein Eifer vorwiegend den Eßwaren galt, war ebenso begreiflich wie verdächtig.

Nach kurzer Zeit stand die Plicht und gleich darauf auch der hintere Teil der Kajüte unter Wasser. Wenn draußen auf dem Strom ein Schiff vorbeizog, überspülten die Sogwellen schon den Leitdamm. Unsere Schuhe versanken im Schlick.

Herr Spreckelsen reichte die Gegenstände durch die hochgestellte Backbordklappe des Oberlichts an Deck.

Ich überlegte, ob er sich wohl durch die Öffnung herauszwängen könne, falls das wachsende Gewicht des einströmenden Wassers das Schiff in die Tiefe risse. Er war von gedrungener Gestalt. Torsten hatte ihm schon ein paarmal nahegelegt, die Kajüte zu verlassen. »Es kann verdammt schnell gehen, Chef. Dann steckst du in einer Mausefalle.«

»Ich passe schon auf«, hatte Herr Spreckelsen gesagt. »Das Vorluk ist ja auch noch da.«

»Der reine Selbstmord, dein Benehmen. Und wie viele Selbstmorde sind nicht schon bereut worden! Was jetzt noch drin ist, soll in Satans Namen drin bleiben. Laß uns lieber die Segel abschlagen. Die Segel sind wichtiger als dieser dreckige Werkzeugkasten.«

»Bin gleich fertig. Daß nur keiner die Kappe des Vorluks zuschiebt!«

»Wäre ja noch schöner.«

Die Lautlosigkeit und Unaufhaltsamkeit, mit der das steigende Wasser sich des Schiffes bemächtigte, hatte etwas Unheimliches. Eine ferne Macht, der wir hilflos ausgeliefert waren, bewirkte diesen dunklen Andrang der Flut. Uns blieb nichts anderes übrig, als zu weichen und im Weichen zu retten, was irgend zu retten war.

Es dauerte noch quälende Minuten, bis Herr Spreckelsen aus dem Vorluk herausstieg. Ich atmete auf und ging daran, die Fock abzunehmen. Die Rutscher glitten, als ich den Stopper weggeschoben hatte, im Handumdrehen aus der Schiene. Dann löste ich die Stagreiter vom Vorstag, wickelte das Segel um den Baum und brachte es nach der ›Hillegreet‹. Ich mußte das Beiboot nehmen, denn der Schlickstrand war schon fast zur Hälfte überflutet. Die anderen mühten sich mit dem Großsegel ab. Da sich das Ende des Großbaums infolge der Schräglage des Mastes unter Wasser befand, blieb Herrn Spreckelsen nichts anderes übrig, als das Segel vom Boot aus loszuschneiden. Während der Arbeit besprach er mit Torsten die Maßnahmen, die morgen ergriffen werden sollten, um die ›Nausikaa‹ wieder flottzumachen. Es war vom Wasser- und Schiffahrtsamt in Brake, von einem Schlepper und einer Schute, von Stropps und Trossen die Rede. Nachdem wir das Großsegel, so gut es gehen wollte, zusammengelegt und ins Beiboot gepackt hatten, ließen wir uns, Doktor Block und ich, mit dem Strom gegen die ›Hillegreet‹ treiben. Und wiederum schonte Frau Spreckelsen sich nicht. Wir mußten hart arbeiten, um das nasse Segel, das doppelt so viel wog wie sonst, an Deck des Muttschiffs zu schaffen. Dann holte ich Herrn Sprekkelsen und Torsten zu uns herüber.

»Lüttjen Foftein«, sagte Herr Spreckelsen, während er in sein nasses Hosenbein griff und es auswrang. »Und dann geht's weiter. Je schneller wir die Sachen, die hier herumliegen, an Land bringen, um so eher kommt die ›Hillegreet‹ wieder frei.«

Schiffer Veenstra sagte, so sei es.

Das schwache Sternenlicht der Nacht und der Schein der Ankerlaterne, der von der ›Nausikaa‹ herüberkam, ergaben eine Dämmerung, in der man gerade noch unterscheiden konnte, wen man vor sich oder neben sich hatte. Ich hatte Frau Spreckelsen neben mir. Wir saßen auf der Torfladung. Doktor Block stand mit gekreuzten Armen an der anderen Seite von Frau Spreckelsen.

Fern in der Dunkelheit, die über dem Strom lag, zeigte sich ein undeutliches Geflimmer. Beim Näherkommen löste es sich in einzelne Lichtflecke auf. Die Spiegelung schwamm weich voraus. Es schien ein ziemlich großes Schiff zu sein. Über dem Grün und Rot der Positionslampen leuchteten die beiden goldenen Topplichter, die schräg übereinanderstanden, wie zwei kleine Monde im Dunst, jeder mit einem Hof. Da es gegen den Strom fuhr, schob es eine hohe Bugwelle vor sich her.

»Sie wissen nicht«, sagte Frau Spreckelsen leise zu mir, »ob jemand mein Armband mitgebracht hat, zufällig?«
»Nein. Aber vielleicht hat Ihr Mann daran gedacht. Wollen Sie ihn nicht fragen?«
»Lieber nicht. Er ist imstande und klettert noch einmal in die Kajüte, wenn er es vergessen hat. Ich weiß, wie gefährlich es ist. Torsten hat es mir gesagt.«
Doktor Block wandte sich ihr zu: »Wohin hatten Sie es denn gelegt?«
»In das oberste Fach des verglasten Schränkchens neben der Kajütentür, gleich links. Lassen Sie uns bitte nicht mehr davon sprechen. – Wie schön, das Schiff! Und das Rauschen, so seidig!«
Mit einem kaum wahrnehmbaren Summen entfernte Doktor Block sich von uns. Ich hörte, daß er irgendwo mit Silke sprach. Gleich darauf wurden zwei Ruder vorsichtig ins Wasser getaucht. Als ich an die Reling trat, sah ich, daß Silke ihn im Beiboot nach der ›Nausikaa‹ hinüberpullte. Außer mir schien es niemand zu bemerken. Frau Spreckelsens Augen hingen an dem aufkommenden Dampfer. Und Herr Spreckelsen wühlte mit Torsten unter wiederholtem Anknipsen der Stablampe in den Sachen, die auf dem Vordeck herumlagen. Ich öffnete den Mund und atmete tief aus. Mein Herz klopfte so stark, daß ich glaubte, Frau Spreckelsen müsse es vernehmen. Aber sie sah unverwandt nach dem Dampfer hinüber. Natürlich wollte Doktor Block das Armband holen. Ich hatte keine Veranlassung, ihn daran zu hindern. Er besaß ja Verstand genug, um zu wissen, was er tat. Mich wunderte nur, daß Silke sich bereit gefunden hatte, ihm zur Hand zu gehen. Oder vielmehr... Nein, ich wollte nicht darüber nachdenken, jetzt nicht.
Inzwischen war das Boot bei der ›Nausikaa‹ angelangt. Doktor Block kletterte an Bord, Silke folgte ihm. So-

weit ich es im ungewissen Licht der Ankerlaterne erkennen konnte, machte sie das Boot nicht fest, sondern behielt die Fangleine in der Hand. Ehe Doktor Block sich in die Kajüte hinunterließ, versuchte er, die Oberlichtklappe noch weiter zu öffnen. Es gelang ihm aber nicht, weil sie in der Führungsschiene klemmte. Er setzte sich auf den Rand des Kajütenaufbaus, krempelte die Hosen hoch und schwang die Beine nach innen. Dann glitt er hinab. Silke machte sich auf dem Vorschiff zu schaffen.

In diesem Augenblick erreichte die erste der Sogwellen, die der große Dampfer aussandte, die ›Nausikaa‹. Ein gischtender Schwall jagte das schräge Deck hinauf, brach sich am Aufbau und schlürfte zurück. Die Ankerlaterne schwankte hin und her. Ehe sie sich beruhigt hatte, fuhr die zweite Welle an der Jacht empor und unmittelbar darauf die dritte. Da ertönte ein Brechen, ein schollerndes Schrappen, über das eine weitere Sogwelle hinwegtoste: die ›Nausikaa‹ kam ins Rutschen, schien plötzlich zu fallen und verschwand zischend in der Tiefe. Es ging so schnell, daß ich es nicht gleich begriff. Das Gurgeln des schwarzen Wassers erstickte einen merkwürdig würgenden Angstruf, den Silke ausstieß. Ein paar Sekunden ragte der Mast noch aus dem Geblubber der aufsteigenden Luftblasen heraus, dann neigte er sich der Strömung entgegen und versank gleichfalls.

Jetzt erst drang Herrn Spreckelsens Stimme an mein Ohr: »Mein Schiff«, schrie er, »mein Schiff! Da sackt es weg! Oh, wie es wegsackt! Mein Schiff!« Es war eine fremde Stimme.

»Sie sind noch drin!« rief ich.

»Wo? Wer?«

»Im Schiff! Silke und Block!« Ich zerrte meinen Pullover über den Kopf, streifte die Hose ab und schnellte in die heranschwappenden Wellen. Fast gleichzeitig sprang

Herr Spreckelsen vom Bug der ›Hillegreet‹ auf den Damm hinunter, mit dem langen Bootshaken in der Hand, und platschte dorthin, wo die ›Nausikaa‹ gelegen hatte.
»Silke!« keuchte er. Und immer wieder: »Silke! Silke!« Vorsichtig suchte er mit der Stange im Wasser herum: »Silke!«
Torsten behielt als einziger einen kühlen Kopf. Seine scharfen Augen entdeckten das Beiboot, das an der ›Hillegreet‹ vorüberschaukelte. Mit einem flachen Sprung schoß er hinterher, erreichte es und ruderte zurück. Er war es denn auch, der Silke auffischte, während ich noch verzweifelt gegen den Strom kraulte.
»Ich habe sie im Boot«, rief er mit einem nervösen Auflachen nach der ›Hillegreet‹ hinüber. »Silke... Ich habe sie... alles klar... keine Angst!« Dann schlug seine Jungenstimme um und hallte klagend über den Strom: »Doktor, wo sind Sie? Doktor Block? Doktor Block?«
Auch Herr Spreckelsen rief nach Doktor Block. Ich schwamm, weil ich trotz der verbissensten Anstrengung kaum von der Stelle kam, auf den Leitdamm zu, lief ein Stück auf ihm entlang, an Herrn Spreckelsen vorbei, und versuchte, etwa zehn Meter oberhalb der Untergangsstelle zu tauchen. In der völligen Wasserfinsternis wußte ich aber im nächsten Augenblick schon nicht mehr, wo ich war. Nachdem ich mit Händen und Füßen hastig umhergefühlt hatte, ohne auf etwas zu stoßen, brachte ich mich wieder nach oben, holte Luft und kraulte abermals gegen den Strom. Ich war kein geübter Taucher. Vor mir hob sich etwas aus dem Wasser heraus. Ein langer Schatten fuhr, emporwachsend, auf mich zu, glitt links an mir vorbei, senkte sich und verging.
»Der Mast!« schrie Herr Spreckelsen. »Sie kommt wieder hoch! Da! – Nein, nein, nein!«
Unter dem Druck des Flutstroms mußte sich die ›Nausi-

kaa‹ am Grunde um ihre Längsachse gedreht haben. Sie war gegen die Strömung gekentert. Jetzt hatte sie sich auf ihre Backbordseite gewälzt. Es bestand kaum noch eine Möglichkeit, durch das linke Oberlichtfenster in die Kajüte zu gelangen. Die andere Fensterklappe, an Steuerbordseite, war geschlossen. Sie ließ sich nur von innen öffnen.

Torsten ruderte auf mich zu: »Haben Sie ihn gefunden?«

»Nichts.« Ich hielt mich am Bootsrand fest und griff nach hinten, wo das Boot tiefer lag. »Der Mast ist herumgeschlagen.«

»Ja, der Mast. Habe ich gesehen. Kommen Sie herein! Was machen wir nur? Doktor, was machen wir nur?«

»Ich weiß es nicht. Ich weiß es doch auch nicht.«

Silke saß zusammengekrümmt im Heck. Zuerst dachte ich, sie sei nackt. Aber sie war im Badeanzug. Die Jacke hatte sie wohl beim Schwimmen abgestreift. Sie wimmerte mit einem langgezogenen, fiependen Laut vor sich hin. Torsten zog die Ruder ein und faßte mich unter die Achseln. Ich stemmte mich hoch und drehte mich ins Boot. Der Strom trug uns in einiger Entfernung an der ›Hillegreet‹ vorüber.

»Er muß noch im Schiff stecken«, sagte Torsten. »Dann ist er nicht mehr bei Bewußtsein. Wenn er herausgekommen wäre, hätte er sich doch längst bemerkbar gemacht. Wieviel Zeit ist inzwischen vergangen?«

»Viel zu viel schon. Zehn Minuten?«

»Was für eine hundsföttische Schweinerei! Eben war er noch unter uns und jetzt... Das geht doch nicht, verdammtnochmal! Sitzt ja auch keine Luft mehr in der Kajüte. Das Oberlicht offen, das Vorluk offen. Aber das ist auch wieder... ich meine, er hätte doch herausgekonnt, so oder so. Er hätte doch herausgekonnt. Durch den Niedergang.«

»Mit Tauchen kommt man nicht heran«, sagte ich, »die Strömung ist zu stark.«
»Weiß ich«, sagte Torsten. »Man sieht ja auch nichts.«
Er arbeitete mit dem Steuerbordruder, wendete und hielt auf die ›Hillegreet‹ zu. »Oh, was für eine Schweinerei! Wenn ich nur wüßte, warum er nicht herausgekommen ist!«
Silke beugte sich zur Seite und spuckte ein paarmal ins Wasser. Sie spuckte und würgte immer heftiger, als wolle sie mit Gewalt etwas aus ihrer Kehle entfernen, förderte jedoch nichts zutage, wie mir schien, kein Wasser und nichts.
»Na na«, sagte Torsten. »Du wirst doch keinen Stint verschluckt haben.« Wieder lachte er auf, nervös und hell.
Aber sie fuhr fort, zu würgen und zu spucken. Dabei lehnte sie sich so weit über das Heck, daß ich unwillkürlich nach ihren Füßen griff, um sie festzuhalten.
»Nicht anfassen!« Sie stieß ein schrilles Weinen aus. Ihre Knie zuckten wie in einem Anfall. »Keiner, keiner!« Sie warf sich herum und wischte krampfhaft über ihr Gesicht, viele Male. Es kam mir so vor, als blute ihr Mund.
»Los, Silke!« sagte Torsten, während er das Boot an die ›Hillegreet‹ drängte.
Frau Spreckelsens Arme streckten sich ihr von oben entgegen.
»Wir wollen noch einmal zurück, Mumms. Vielleicht können wir ihn mit dem Bootshaken herausziehen.« Mit der einen Hand hielt er sich an der ›Hillegreet‹ fest, mit der anderen schob er Silke auf das Deck hinauf.
»Um Gottes willen, sei still!« flüsterte Frau Spreckelsen.
»Der arme Mensch! Hätte ich doch nur nichts von dem Armband gesagt!«

VII

Seit einer Stunde stand der leere Sarg auf der Deichkrone. Ein Braker Beerdigungsgeschäft hatte ihn mit übertriebener Eile gebracht. In seiner Nähe saßen einige Leute aus Kirchhammelwarden im Gras und beobachteten den Fortgang der Bergungsarbeiten. Die beiden Kinder, die um den Sarg herum Kriegen spielten, wurden von Zeit zu Zeit durch einen ärgerlichen Zuruf zur Mäßigung angehalten, gaben aber nur für wenige Augenblicke Ruhe.
Von der ›Hillegreet‹ war weit und breit nichts mehr zu sehen. Sie mußte mit dem Fünfuhr-Hochwasser freigekommen sein und sich davongemacht haben. Jetzt ging es auf zehn. Das Wasser würde noch anderthalb Stunden ablaufen. An der Unfallstelle lagen ein kleiner Schlepper und eine verbeulte Schute. Zwischen ihnen ragte der Mast der ›Nausikaa‹, der während der Nacht wieder aufgetaucht war, etwa zur Hälfte aus dem Strom empor. Es kam mir so vor, als sei die Jacht durch das zweimalige Hin und Her der Tide weiter vom Ufer weggezogen worden. Herr Spreckelsen meinte jedoch, das könne nicht gut möglich sein, der saugende Schlick halte sie unverrückbar fest. Ein roter Zylinder im Vorstag des Schleppers wies die vorüberkommenden Schiffe an, ihre Fahrt herabzusetzen, damit ihre Sogwellen die Bergung nicht gefährdeten. Wenn sie nicht darauf achteten, tutete Kapitän Weers unwillig mit der Dampfpfeife. Der Schlepper hieß ›Kentaur‹. Er hatte einen langen und dünnen Schornstein und war uralt. Manchmal steckte der Meister, den Kapitän Weers Jonny nannte, seinen Kopf aus dem Maschinenraum heraus und blickte mit seinen hellen Augen ein bißchen in der Welt umher. Die Schute hatten sie ›Anna‹ getauft.
Wir gaben, Herr Spreckelsen, Torsten und ich, vom Bei-

boot aus die Ankerkette der ›Nausikaa‹ durch die Klüse des ›Kentaur‹ an Deck, wo sie vom Kapitän und dem Jungen wahrgenommen und um das Spill gelegt wurde. Dann kletterten wir auf den Schlepper. Zwei Umdrehungen des Spills genügten schon, um den Bug der Jacht so weit zu heben, daß wir eine Stahltrosse unter ihren Kiel bringen und mit abwechselnden Rucken bis in die Höhe der Plicht nach hinten zerren konnten. Die Enden belegten wir an den achterlichen Pollern der Schute und des Schleppers. Eine zweite Trosse brachten wir in der Höhe des Vorluks an. Immer, wenn das Wasser ein Stück gefallen war, holten der Junge und ein Mann auf der Schute die Trosse wieder steif.

Herr Spreckelsen hatte zur frühen Morgenstunde von dem Braker Hotel aus, in dem wir über Nacht geblieben waren, eine Reihe von Telephongesprächen geführt. Da ihn mit der in Frage kommenden Stelle angenehme geschäftliche Beziehungen verbanden, war ihm der Schlepper und die Schute ohne weiteres zugesagt worden. Dann hatte er der Polizei einen Bericht gegeben, hatte den Arzt, bei dem Frau Spreckelsen am Abend vorher gewesen war, gebeten, sich doch zwischen sieben und acht Uhr abends an der Unfallstelle einzufinden und einen Totenschein auszuschreiben, hatte den Herausgeber des ›Bremer Anzeigers‹ von dem Vorgefallenen unterrichtet und bei dieser Gelegenheit erfahren, daß Doktor Block, außer einer etwas wunderlichen Schwester in Hanau, keine näheren Anverwandten habe, war bei einem Beerdigungsgeschäft wegen des Sarges vorstellig geworden und hatte schließlich für Frau und Tochter eine Taxe bestellt, die sie nach Hause bringen sollte. Was es hier noch zu tun gebe, sei Männerangelegenheit. Übrigens könnten sie gleich einen Teil der geretteten Sachen mitnehmen, die wir nachts noch ins Hotel geschafft hatten. Ich war darauf gefaßt gewesen, daß Silke widersprechen

werde. Aber sie hatte geschwiegen und sich gefügt. Links neben ihrer Nase lief eine Rißwunde bis in die Oberlippe hinein.
Um halb zwölf, bei Niedrigwasser, waren gut zwei Drittel des Mastes sichtbar. Als dann die Flut aufzulaufen begann, neigten sich die Bergungsfahrzeuge mehr und mehr gegeneinander. Die Abstützbalken, die wir zwischen ihnen angebracht hatten, und die Kreuzvertäuungen knirschten, in den Schlägen der Trossen knackte es in kurzen Abständen. Man merkte, daß sie einen gewaltigen Zug auszuhalten hatten. Mit dem Wachsen des Wassers hoben die beiden Schiffe die ›Nausikaa‹ vom Grunde ab, so daß sie mit ihrem ganzen Gewicht in den Trossen hing. Herr Spreckelsen fürchtete für die Poller. Aber Kapitän Weers beruhigte ihn: für seine Poller könne er sich verbürgen, bei der Schlickschute sei es etwas anderes, vielleicht gäben die Decksstringerplatten ein bißchen nach, das habe aber weiter nichts zu bedeuten. Eine Schute sei Kummer gewohnt. »Langsam zurück, Jonny!«
Hinter dem Heck begann das Wasser zu brodeln. Der Schlepper bewegte sich mitsamt der Schute, dem Mast und dem darunter hängenden Rumpf der ›Nausikaa‹ vom Ufer weg. Kapitän Weers legte das Ruder nach Backbord, bis er das Ufer querab hatte, und ließ den Schlepper dann langsam voraus gehen. Wir glitten mit dem Flutstrom am Leitdamm entlang, etwa fünfhundert Meter weit, bis dorthin, wo er sich zwischen Schlickklumpen und halb verrotteten Pfahlköpfen verlor. In vorsichtigem Bogen steuerte Kapitän Weers die drei zusammenhängenden Schiffe rechtwinklig an die schräge Fläche des Strandes heran. Sowie er merkte, daß die ›Nausikaa‹ den ansteigenden Grund berührte, wobei die Riggung des Mastes leise zitterte, unterbrach er die Fahrt. Hatten die beiden Bergungsfahrzeuge sie mit dem wachsenden Wasser wieder abgehoben, ging es weiter.

So arbeiteten wir uns allmählich näher und näher ans Ufer heran. Es war ein schwieriges Manöver wegen des Flutstroms, das ein besonderes Fingerspitzengefühl und viel Geduld erforderte.

»Wäre es nicht besser«, fragte Herr Spreckelsen, »zu warten, bis das Wasser seinen Höchststand erreicht hat, und dann in einem einzigen Zuge zum Ufer hinzuschippern, so weit wir eben kommen?«

Kapitän Weers sagte aus der offenstehenden Tür des Ruderhauses heraus, er wolle die Trossen nach Möglichkeit entlasten. Da er in dieser Sache wenig Erfahrung habe, gehe er auf Sicherheit.

»Na, gut.«

Es wurde ein Uhr mittags, es wurde zwei Uhr mittags. Wir saßen auf dem niedrigen Schanzkleid des Schleppers, aßen Brote, tranken Bier und redeten von allerlei Nichtigkeiten. Manchmal stand einer auf und machte irgendeinen Handgriff, der sich gerade als nötig erwies.

Schließlich hielt Torsten es nicht mehr aus und fragte mich, ob auch ich immerzu daran denken müsse, daß da unten in der Kajüte der tote Doktor Block herumschwämme. »Wie sieht eigentlich ein Mensch aus, der zwanzig Stunden im Wasser gelegen hat?«

»Nicht sehr verändert«, sagte Kapitän Weers. »Bißchen aufgedunsen. Weiter nichts.«

»Hat er die Augen offen?«

»Ist nicht gesagt. Manchmal und manchmal nicht. – Ganz kleinen Schlag voraus, Jonny! Langsam! – Stopp!«

Torsten konnte nicht verstehen, warum Doktor Block sich nicht durch Tauchen gerettet habe. Durch die Kajütentür den Niedergang hinauf. Oder durchs Oberlicht oder durchs Vorluk. Drei klare Möglichkeiten.

»Vorausgesetzt«, sagte Kapitän Weers, »daß er nicht mit den Nerven durcheinandergekommen ist.«

»Er war die Ruhe selbst.«

»Bei so einer Geschichte kann es auch den ruhigsten Mann erwischen. Das Wasser stürzt ja von hinten und von oben und von vorn über einen her. Das müssen Sie sich einmal vorstellen. Es geht verdammt schnell. Und dann auch noch bei völliger Finsternis. Dann kentert das Schiff, und man zappelt herum und weiß nicht mehr, wo Backbord und wo Steuerbord ist. Das müssen Sie sich bitte einmal vorstellen. Wahrscheinlich spült einen der Schwall zunächst mit aller Wucht in die Vorpiek.«
»Eben. Und warum ist er dann nicht durchs Vorluk ausgestiegen?«
»Du meine Zeit, was kann da nicht alles vorkommen! Er braucht nur irgendwo hängenzubleiben mit seinem Zeug, oder was es sonst dergleichen gibt. Es handelt sich ja um Sekunden. Wir Schlepperleute wissen ein Lied davon zu singen. Sind schon allerlei Schlepper von den großen Pötten über Kopf gerissen worden. Und fast jeder hat einen Mann mit nach unten genommen.«
»Ein Schlepper ist etwas anderes als eine Jacht.«
»Schon. Aber Sie sehen ja: er hat es nicht geschafft.«
»Merkwürdig.«
Der Mann von der ›Anna‹ gab zu bedenken, daß auch die Arbeit auf einer Schute ihre Gefährlichkeiten habe bei jedem Wind und Wetter. Das dürfe er wohl sagen.
»Ja, ja.«
In der Ferne stand der Sarg und wartete. Ein Teil der Zuschauer war uns gefolgt. Einige hatten den Heimweg angetreten, andere waren hinzugekommen. Sie setzten sich wieder ins Gras, zogen Halme zwischen ihren Fingern hindurch und starrten zu uns herüber. Zweimal mußte der Schutenmann mit dem Beiboot Besucher an Bord holen. Zuerst einen älteren, etwas verbraucht aussehenden Redakteur von der Braker Zeitung. Er erwies sich aber als überaus verständig und gab uns einen Rat, den wir erst später zu würdigen wußten.

Ob wir die Jacht mit einem Eimer leer schöpfen wollten, nachher, wenn sie zum Vorschein gekommen sei?
Mit einem Eimer, ja.
Das sollten wir erst gar nicht versuchen. Wir täten gut, sagte er, uns einen dicken Feuerwehrschlauch zu besorgen und ihn als Heber zu benutzen. Anders kämen wir nicht zurecht.
Auch nicht mit drei erwachsenen Männern?
Auch nicht.
Hm. Vielen Dank.
Der zweite Besucher war ein Polizist. Er wolle sich nur einmal erkundigen, wie lange es noch dauern werde, bis wir den Toten bergen könnten? Nicht vor sieben Uhr abends? Verbindlichen Dank! Eher später? Verbindlichen Dank! Die Polizeistation sei ja bereits hinlänglich durch Herrn Spreckelsen unterrichtet worden. Man habe uns doch darauf aufmerksam gemacht, daß die Leiche von der Staatsanwaltschaft beschlagnahmt sei? Gut. Eine reine Formsache in diesem Fall. Der Staat lege seine Hand auf jeden Leichnam mit unnatürlicher Todesursache. Ein so schöner Tag und ein so scheußlicher Vorfall. Stünde übrigens einer der Herren in verwandtschaftlichen Beziehungen zu dem Verunglückten?
Herr Spreckelsen schüttelte entschieden den Kopf.
»Nehmen Sie einen Schluck Bier, Wachtmeister? Bei dieser Wärme?«
»Danke, ich fahre Motorrad.«
»Aber eine Zigarre?«
Er zögerte eine Sekunde, lehnte dann aber, nach einem Blick auf Kapitän Weers, ab. »Nochmals verbindlichen Dank! Müssen Sie verstehen.«
»Verstehe ich durchaus.«
Der Schutenmann brachte ihn wieder an Land. –
Kurz vor sechs Uhr abends, als das Wasser in der Nähe des Ufers schon wieder abzulaufen begann, warfen wir

die Stahltrossen los. Kapitän Weers hatte den Schwell eines großen Holländers, der seewärts ging, dazu benutzt, die Schiffsdreiheit noch ein Stückchen höher den Strand hinaufzubringen. Weiter würden wir nicht kommen. Beim Lösen der achterlichen Trosse neigte sich der Mast etwas nach hinten und nach Backbord. Wir verstauten die Stützbalken und alle Trossen auf der Schute. Dann schüttelten wir den Helfern die Hand. Kapitän Weers nahm die Schute in Schlepp, zog dreimal die Pfeife und dampfte nach Brake.

Mit dem langsamen Sinken der Sonne verdichtete sich der opalene Glanz, der den ganzen Tag auf der Landschaft gelegen hatte, mehr und mehr. Unterhalb der Sonne entstand ein goldenes Duften, das sich in zögernden Abwandlungen ausbreitete und alle anderen Farben in sich aufnahm. Wenn nicht dann und wann ein kleiner Wirbel auf der braungoldenen Weite des Stroms dahingetrieben wäre, hätte man meinen können, das Wasser bewege sich nicht. Auch die Luft schien stillzustehen. Mehrere Rauchstreifen erstreckten sich von Horizont zu Horizont, ohne sich zu verändern. Noch am Abend schwebten sie an derselben Stelle.

Wir saßen in unserem Beiboot, das wir am Mast der ›Nausikaa‹ vertäut hatten, und begannen zu rechnen. Zwei Stunden würde es gut und gern noch dauern, bis das Kajütendach aus dem sinkenden Wasser auftauchte, und eine weitere halbe Stunde, bis wir mit dem Ausschöpfen beginnen konnten, wahrscheinlich noch etwas länger, bis neun Uhr abends etwa. Und um Mitternacht kam die Flut schon wieder. Bis dahin mußten wir, koste es, was es wolle, die ›Nausikaa‹ so weit entleert haben, daß sie schwimmfähig war. Der enge Niedergang erlaubte uns nicht, mit mehreren Eimern zu arbeiten. Es half uns wenig, daß wir zu dritt waren. Einer von uns würde unten im Wasser stehen und den Eimer hinaufrei-

chen, einer ihn auf der Treppe in Empfang nehmen, und einer ihn ausgießen. Es würde ein Wettlauf mit der Zeit werden. Und je länger wir rechneten, um so unwahrscheinlicher kam es uns vor, daß wir gewännen. Der Redakteur von der Braker Zeitung hatte gewußt, was er sagte.
Er werde versuchen, meinte Herr Spreckelsen, einen Feuerwehrschlauch zu erhalten. »Bring mich mal hinüber!«
»Das mit dem Schlauch soll meine Sache sein, Chef.«
Nein, Herr Spreckelsen müsse sowieso noch mit seinem Prokuristen telephonieren. Geschäftlich und auch wegen des Schleppers. Der Prokurist solle morgen früh um acht Uhr mit seiner Motorjacht zur Stelle sein und die ›Nausikaa‹ in den Blumenthaler Hafen schleppen. »Wir brauchen ja nur ein kurzes Schlauchstück.«
Torsten wrickte das Beiboot nach dem Deich hinüber. Während Herr Spreckelsen sich auf den Weg nach Kirchhammelwarden machte, legten wir uns in einiger Entfernung von den Zuschauern ins Gras und reckten unsere Glieder, Torsten und ich.
»Hach je«, sagte Torsten, »eine Stunde Schlaf wäre nicht verkehrt. Heute nacht bin ich nicht viel dazu gekommen. Ich fürchte nur, daß auch jetzt nichts daraus wird. Er läßt mir keine Ruhe.«
»Denken Sie einmal an etwas ganz anderes, an die Schule oder an irgendein Buch! Vielleicht geht es dann.«
»Glaube ich nicht. Ich sehe ihn immerzu vor mir. Wenn wir ihn doch erst einmal aus dem Schiff heraus hätten!«
Ich legte meine Hand auf sein Gesicht: »Die Augen schließen und an etwas anderes denken.«
»Geht nicht, Doktor.«
Aber dann ging es doch. Nach wenigen Minuten entspannte sich sein Gesicht, seine Atemzüge wurden lang-

samer und tiefer. Er schlief. In der Jugend weiß der Körper sein Recht besser wahrzunehmen als später.
Ich setzte mich auf und versuchte, mit mir ins reine zu kommen. Bislang war mir das noch immer einigermaßen gelungen. Ich hatte es gern, wenn Klarheit herrschte in meinen Gedanken und Gefühlen. Ohne Klarheit konnte ich nicht leben. Deshalb war mir auch so schlimm zumute seit gestern abend. Ich dachte an Silke und an Doktor Block und stöhnte leise vor mich hin. Er ist ja ein erwachsener Mensch, hatte ich zu mir gesagt. Warum hatte ich das gesagt? Hatte ich etwas beschwichtigen wollen? Was war es, das beschwichtigt werden sollte? War es wirklich das? Hatte ich das wirklich gewollt, irgendwo im Dunkel meiner Brust? Ich?
Das Wasser hatte, als es sich mehr und mehr zurückzog, einen schwarzen Schlickklumpen freigegeben, der auf der einen Seite mit gebleichtem Gras bewachsen war. Er erinnerte mich an etwas, woran ich lange nicht mehr gedacht hatte. Ich sah mich im Hause eines Bremer Klienten mit einem Glas in der Hand vor einer kleinen peruanischen Tonplastik stehen. Ein nackter, dunkelbrauner Mann saß mit gekreuzten Beinen nach Art eines Buddha auf dem Boden und hatte die Innenflächen der vor die Brust gehobenen Hände zusammengelegt, als wolle er beten. Sein Kopf mit den aufgerissenen Augen und dem angstvoll lächelnden, fast grinsenden Mund, neigte sich nach links, weil über seine rechte Schulter ein gelblicher Puma sein aufgerissenes Maul mit den Fangzähnen schob. Es sah aus, als habe der Mann zwei Köpfe, einen menschlichen und einen raubtierhaften. Und der menschliche war dunkel und voll grinsender Angst, und der tierhafte hell und von furchtbarer Schönheit. Ein Mann, über den der Puma gekommen war. Aber nicht von außen her, sondern von innen, aus ihm selbst. Der Puma, das war der Mann, und der Mann war der Puma.

Er war beides, er war er selbst und er war der Puma. Beides zugleich. Vor vielen hundert Jahren hatte ein Yunka-Indianer das Bildwerk mit seinen Fingern gemacht, dort im fernen Land. Er wußte, wie der Mensch beschaffen war. Er auch. Und da hatte er zwei Hände voll Ton genommen und daran herumgeknetet. Um der Klarheit willen.

Ich blies meine Backen auf, erhob mich und zertrat den Schlickklumpen. Dann stieg ich ins Boot und wrickte mich nach der ›Nausikaa‹ hinüber. Es war mir, als könne ich unten im Wasser die Umrisse des Schiffskörpers erkennen. Ich belegte die Fangleine am Fockstag und befühlte mit dem Riemen das Vordeck. Zuerst stieß ich auf die Winsch, dann auf das Vorluk, und dann... Ich stöhnte bei geschlossenem Mund hinten in meiner Kehle. Es verhielt sich so, wie ich die ganze Zeit über befürchtet hatte: die Schiebekappe war geschlossen. Vorsichtig tastete ich das achterliche Lukensüll ab: Der Schlüssel steckte noch im Schloß. Als ich gestern abend von Bord der ›Nausikaa‹ gegangen war, hatte die Lukenkappe offengestanden. Dafür konnte ich mich verbürgen. Alle unsere fragenden Gespräche über den Tod von Doktor Block gingen ja davon aus, daß er sich durch das offene Luk hätte retten können. Ich hockte mich auf die Ducht und dachte nach. Das Wasser umströmte die Stage und Wanten. Zwei Schleppzüge glitten gemächlich vorüber, dann ein Lloyddampfer mit gelbem Schornstein, dann ein uralter Finne mit senkrechtem Vordersteven. Und jedesmal wiegten die Sogwellen das Boot auf und nieder. Das dunstige Gold wurde goldener und glühender, die untere Hälfte der Sonnenscheibe verschwand hinter einer Wolkenbank. In gewissen Abständen peilte ich mit dem Riemen die Wassertiefe. Schließlich war es so weit, daß ich ans Werk gehen konnte. Weil ich angenommen hatte, daß ich bei den Bergungsarbeiten ins Wasser mußte, trug ich meine Badehose unter der Kleidung. Ich zog mich aus und griff mich am Stag nach der ›Nausikaa‹ hinunter. Beim erstenmal hatte ich nicht genug Luft, aber beim nächstenmal gelang es mir, den Schlüssel umzudrehen und die Lukenkappe aufzuschieben. Es hätte mich nicht überrascht, wenn der gedunsene Doktor Block aus dem Luk herausgeschwebt und mit dem Tidestrom davongetrieben wäre. Aber es rührte sich nichts. Nicht einmal eine Luftblase. Ich kleidete mich wieder an und wrickte an Land. Torsten schlief noch. Er wachte auch nicht auf, als Herr Spreckelsen mit dem Schlauch zurückkam.

Mir war, als hätte ich mich noch nie so elend gefühlt wie jetzt. Vor lauter Elend und Ausweglosigkeit war ich nicht imstande, Herrn Spreckelsen, der mir auseinandersetzte, wie seiner Meinung nach der Schlauch am besten anzulegen sei, eine vernünftige Antwort zu geben. Silke, dachte ich immer wieder, um Gottes willen, Silke! Kleine, trotzige Silke, die sich von aller Welt verlassen glaubt... Ob sie zu dieser Stunde wohl in ihrem Zimmer umherwanderte und die Hände gegeneinander drückte? Oder war ihr alles gleich? Stieß sie wieder verächtlich die Luft aus der Nase heraus und wünschte, daß sie selbst und alle Welt zugrunde ginge? Ich hielt es durchaus für möglich. Um Gottes willen, wie wollte sie denn damit fertig werden bis an ihr Lebensende? – »Bitte? Das glaube ich doch. Die Dämmerung dauert ja ziemlich lange, Herr Spreckelsen. Bis neun Uhr können wir noch etwas sehen. Mindestens.«

Nach einer halben Stunde gesellte sich der Arzt zu uns und gleich darauf auch der Polizist. Der Arzt, ein verwitterter Graukopf mit einer dunkelblauen Lotsenmütze, dessen Name mir bei der Vorstellung entgangen war, verstand eine ganze Menge vom Segeln. Er war in der Welt umhergekommen und hatte sich seine Gedanken über eine Verbesserung der Takelage auf Grund der

neuesten aerodynamischen Forschungen gemacht, konnte aber Herrn Spreckelsen nicht überzeugen. Schön, dann schlage er vor, den Sarg hierherzuschaffen. Vielleicht sorge die Polizei dafür, daß die Zuschauer, besonders die Kinder, etwas im Hintergrund blieben. Wir gingen hin und holten den Sarg, alle zusammen.
Und das Wasser fiel und fiel.
Wie leichte, graue Schatten zogen ein paar Möwen mit langsamen Flügelschlägen dicht über dem Strom dahin. Die Sonne kam als dunkelrote Scheibe unten aus der Wolkenbank heraus und versank gleich darauf hinter dem rauchigen Horizont. Der Dunst färbte sich violett, das Violett vertiefte sich zu Indigoblau. Hoch oben, wo es lichter war, zeigten sich zwei rosa Wölkchen, dünn wie wehende Schleier. Sie wurden aus der Tiefe des Raumes angestrahlt und erglommen in einem zarten Goldhauch. Wenige Sekunden nur. Dann erloschen sie. Alles erlosch. Das Wasser war kein Wasser mehr, sondern eine stumpfe, graue Wesenlosigkeit. In der Höhe von Brake begannen die Feuer zu blinken. Die Schiffe, die vorbeikamen, führten schon Topp- und Seitenlichter.
Als das Vorschiff weit genug aus dem Wasser herausgestiegen war, brachte Torsten Herrn Spreckelsen und mich an Bord. Dann wrickte er zurück, um den Arzt und den Polizisten zu holen. Der hintere Teil der Jacht wurde noch überströmt. In allen Winkeln saß Schlick. Ein kalter, fauliger Geruch stieg aus dem Innern auf. Ich sah sofort, daß jemand das vergitterte Oberlichtfenster an Backbordseite, durch das Doktor Block in die Kajüte gestiegen war, bis auf einen handbreiten Spalt geschlossen hatte. Silke mußte außer sich gewesen sein vor Haß und Verzweiflung. Während Herr Spreckelsen seinen Kopf durchs Vorluk steckte und in der Piek umherspähte, versuchte ich, die Oberlichtklappe zu öffnen. Aber

die Schraube an der Führungsschiene, mit der sich die Klappe in verschiedenen Winkeln feststellen ließ, war so scharf angezogen, daß ich sie nur wenige Zentimeter bewegen konnte. Erst als ich mit aller Kraft daran riß, gab sie unter schrillem Quietschen nach. Wie hatte Silke es nur fertiggebracht, sie herunterzudrücken? Hatte der Haß ihr eine solche Kraft verliehen? Ich hoffte, daß dem Polizisten, der gerade zu Torsten ins Boot stieg, das Quietschen nicht weiter aufgefallen war.

Herr Spreckelsen richtete sich auf: »Da liegt er, da unten, quer vor der Tür zur Kombüse.«

Ich kniete mich neben ihn, sah aber, wie sehr ich meine Augen auch anstrengte, nur eine dunkle Wasserfläche unter mir, auf der ein Bodenbrett schwamm und ein Apfel.

Während der kurzen Überfahrt mußte der Arzt Torsten gefragt haben, warum die ›Nausikaa‹ kein Besansegel führe. Torsten gab die Frage gleich an Herrn Spreckelsen weiter.

»Ein Besansegel? Wozu? Die Jacht ist ohnehin luvgierig bei steifem Wind.«

Der Arzt sah sich an Deck um: »Und wie wollen Sie Ihr Schiff am Winde halten, wenn Sie einmal in hartes Wetter geraten?«

»Bleibt immer noch der Treibanker.«

»Kleines Besansegel ist aber besser.«

»Hm. – Er liegt vor der Kombüsentür. Da unten. Gib mal den Bootshaken her, Torsten!«

Wir sahen, über die Lukenöffnung gebeugt, von drei Seiten zu, wie Herr Spreckelsen den Haken ins Wasser senkte und vorsichtig anhob. Als Doktor Blocks triefender Rücken sichtbar wurde, griff der Arzt zu. Der Polizist half ihm. Sie faßten den Toten unter die Achseln, zogen ihn aus dem Luk heraus und legten ihn aufs Deck. Sein Gesicht war verquollen, die Augen standen offen. Mit einem Male blies er etwas Schleim aus dem Munde heraus, der über die entstellte Unterlippe und das Kinn floß. Man konnte denken, er kehre ins Leben zurück. Torsten wandte sich ab und fing an zu würgen.

»Sieht ja noch ganz manierlich aus«, sagte der Arzt. Er schob die widerstrebenden Augenlider herunter und drückte das Kinn hoch. »Da gibt es verschwommenere Physiognomien, um mich gemäßigt auszudrücken. Tja, die Zeit läßt uns nicht schöner werden, im Leben nicht und im Tode erst recht nicht.«

Der Polizist straffte sich: »Sie hätten also kein Bedenken, den Totenschein auszustellen?«

»Toter kann ein Mensch nicht gut sein. Und die Umstände, die dazu geführt haben, stehen ja wohl einwandfrei fest?« Sein fragender Blick forderte unsere Zustimmung heraus.

»Einwandfrei«, sagte Herr Spreckelsen. Er habe der Polizei heute morgen das Nötige mitgeteilt. Warum der Verunglückte nicht mehr aus der Kajüte herausgekommen sei, was immerhin im Bereich der Möglichkeit gelegen habe, wisse nur er selbst. »Wahrscheinlich hat er die Orientierung verloren, als das Wasser von allen Seiten hereinschoß und das Schiff über Kopf ging. Bei der Finsternis.«

»Er wäre der erste nicht. – Was hat er denn hier gemacht?« Der Arzt hob die rechte Hand des Toten hoch. »Abgeklemmt oder was?«

Mit dem Mittelfinger war etwas geschehen. Die beiden oberen Glieder hingen nur noch durch die Sehnen mit dem unteren Glied zusammen. Und von dem Stumpf waren oben die Haut und das Fleisch bis auf den Knochen abgerissen.

»Sie haben keinen Hund an Bord?«

»Nein. Warum?«

Der Arzt faßte den Finger genauer ins Auge. »Sieht bei-

nahe so aus, als sei er von einem Hund gebissen worden. – Also nicht. War nur so ein Gedanke.«
»Die Schwertkette«, sagte Herr Spreckelsen. »Vielleicht hat er sich beim Herumwälzen am Schwertkasten festhalten wollen. Und da hat er die Kette aus dem Sperrschlitz gedrückt. Und dann ist das Schwert heruntergesaust mit aller Wucht und hat ihm das Gelenk gebrochen. Darum ist er auch nicht aus dem Schiff herausgekommen. Er hat festgesessen. Mit einem Finger nur. Zwischen Kette und Kastenrand. Aber das genügt ja. Die verdammte Schwertkette! Mir hat sie auch schon einmal den Daumen geschunden.«
Der Polizist sagte, das erkläre den Tod und alles miteinander.
»Möglich«, meinte der Arzt, der noch immer den Finger betrachtete. »Es ist ja gleich. Als Todesursache kommt die Wunde sowieso nicht in Frage.« Er legte die Hand auf den Oberschenkel des Toten. »Also ins Boot mit ihm, aber sinnig!« Wieder ging sein Blick über die Jacht: »Ordentliches Schiff! Sie sollten sich das mit dem Besansegel doch überlegen. Ich würde das Großsegel etwas verkürzen und einen Besan dahintersetzen. – Nehmen Sie seine Füße, bitte!«
Ich dachte beim Bücken, ob Herr Spreckelsen mir einmal erklären wolle, warum Doktor Block dann nicht neben dem Schwertkasten gelegen hatte, sondern vorn im Schiff. Ich dachte so mancherlei. Aber ich sagte nichts.

VIII

Es lebte ein dumpfer Glaube in mir, alles würde, wenn auch nicht gut, so doch weniger schlimm werden, sofern es mir nur gelänge, mit Silke zu sprechen. Warum ich es

glaubte, wußte ich nicht zu sagen. Aber ich glaubte es. Und je mehr Zeit verging, ohne daß ich Silke sah, um so fester glaubte ich es. Anfangs wollte es mir so vorkommen, als habe ich eben kein Glück mit meinen Bemühungen, ihr zu begegnen. Zweimal war ich bei Spreckelsens zu Gast, und beide Male fehlte sie am Tisch. Auf meine Frage nach ihrem Ergehen erhielt ich unverbindliche Antworten, die mir nicht weiterhalfen. So oft ich auch den Königskamp entlangfuhr – und ich nahm jede Gelegenheit wahr, diesen Umweg zu machen –, nie begegnete ich ihr. Einmal meinte ich, die Radfahrerin, die mir in der Ferne entgegenkam, müsse Silke sein. Aber sie bog in die Zufahrt zu einem Grundstück ein und war, als ich die Stelle erreichte, nicht mehr zu sehen. Es nützte mir nichts, daß ich eine halbe Stunde wartete. Sie blieb verschwunden. Ich tröstete mich damit, daß ich mich getäuscht haben könne.
In der dritten Woche trieb mich meine Unruhe zum ›Bremer Anzeiger‹. Man sagte mir im Sekretariat, ja, Fräulein Spreckelsen sei im Hause. »Bitte nehmen Sie einen Augenblick im Sprechzimmer Platz!« Dann hieß es jedoch, ich möge entschuldigen, sie sei vor einer Viertelstunde in die Handelskammer gerufen worden. Es konnte die Wahrheit, konnte aber ebensogut eine Ausrede sein. Mein Treppauf-Treppab in der Handelskammer hatte jedenfals keinen Erfolg. Als ich das nächste Mal im Zeitungshaus vorsprach, ließ die Sekretärin mich sogleich wissen, ich hätte mich leider wiederum vergeblich bemüht. Herr Harrenborg und Fräulein Spreckelsen seien durch den Tod von Herrn Doktor Block sehr in Anspruch genommen. Das könne ich gewiß verstehen. Sie sah mich halb neugierig, halb bedauernd an. Nun gut. Als Silke dann auch noch im Wandelgang des Theaters, kaum daß sie mich erblickt hatte, kehrt machte, die Treppe hinunterglitt und bis zum Ende der Pause nicht

wieder auftauchte, verhehlte ich mir nicht mehr, daß nicht mangelndes Glück, sondern Silkes Abneigung gegen ein Zusammensein der Grund für das Mißlingen meiner Absicht war. Obwohl ich mir immer wieder sagte, etwas Derartiges sei zu erwarten gewesen, schmerzte es mich doch. Nichts ist dem Herzen so unverständlich wie die Sprache der Vernunft. Vielleicht ahnte ich auch schon, daß es nicht dabei bleiben werde. Eines Tages erzählte mir ein Kollege, mit dem ich hin und wieder zu Mittag aß, er habe gestern abend in der ›Libuscha-Bar‹ mit einer verteufelten Gesellschaft zusammengehockt. Die Tochter von August Spreckelsen und Sohn sei auch dabei gewesen, begleitet von einem schmuddelig daherredenden Jüngling, der sich als Bildhauer bezeichnet habe, und von Harrenborg, dem neuen Wirtschaftsredakteur des ›Anzeigers‹. Alle drei ziemlich betrunken. Er bezweifle, daß Vater Spreckelsen wisse, wo und mit wem seine Tochter ihre Abende verbringe. Ihren Reden sei zu entnehmen gewesen, daß sie die ›Libuscha-Bar‹ nicht zum erstenmal betreten habe. Übrigens auch wohl nicht zum letzten Mal. Ein merkwürdig ungezogenes Persönchen, das müsse er schon sagen, aber nicht ohne Reiz. Das eine schlösse das andere ja nicht aus.

Am nächsten Abend suchte ich die ›Libuscha-Bar‹ auf, die sich im ersten Stock eines Hauses im Bahnhofsviertel befand. Ich setzte mich an ein Tischchen im Hintergrund, nicht weit von dem Klavierspieler, der mit weichen Glissandos vor sich hin phantasierte. Wenn sein Spiel sich festigte und in Tanzrhythmen überging, verließ ein Paar die Barhocker und bewegte sich auf einer kleinen Parkettfläche hin und her, der Jüngling mit leerem Blick über die Schultern seiner kinnlosen Dame starrend, die geschlossenen Auges in sich hineinlächelte wie ein satter Laubfrosch. Es wurde später und später. Ich glaubte nicht, daß Silke noch kommen werde, und blieb eigentlich nur deshalb sitzen, weil ich nicht einsah, warum ich aufstehen sollte. Da schlenderte sie herein in einem koksgrauen Pullover, das Haar verweht. Sie sprach ziemlich laut mit ihrem Begleiter. Wahrscheinlich handelte es sich um diesen Harrenborg. Ein Allerweltsmann, der keinen Vergleich mit Doktor Block aushielt. Sonst hatte sie niemanden bei sich. Sie schob sich auf einen Hocker und begrüßte den Mixer mit Handschlag. Ihr Begleiter blieb neben ihr stehen. Im Spiegel, der die Rückwand der Bar bildete, konnte ich ihr Gesicht betrachten. Es hatte sich nicht verändert, höchstens daß die Bläue der Augen noch eine Schattierung düsterer geworden war. Aber das mochte auch an der Beleuchtung liegen. Für die Lippen gebrauchte sie immer noch das Rot überreifer Himbeeren, wenngleich nicht mehr so nachlässig wie früher. Sie zog einen Strohhalm aus einem Behälter, riß das Ende der Schutzhülle ab, führte den Halm an den Mund und blies das Papier gegen den Mixer. Dabei erblickte sie mich im Spiegel. Ich merkte es daran, daß sie sich aufrichtete, mit dem Strohhalm im Mund, und erstarrte. Langsam hob sie die Hand über ihren Kopf nach hinten und zog, ohne das Glas zu beachten, das dieser Harrenborg, wenn er es war, ihr hinhielt, das halblange Haar von rechts nach links, so daß der Nacken frei wurde. Dann ging sie unter unablässigem Streicheln des Nackens zur Tür. Auf dem Weg dorthin entfernte sie den Strohhalm mit einem verächtlichen Atemstoß von ihren Lippen. Ich zeigte dem Mixer einen Geldschein, legte ihn auf den Tisch und eilte hinter ihr her. Mochte Herr Harrenborg denken, was er wollte. Als ich auf die Straße trat, sah ich Silke im Licht der Neonlampen mit langen Schritten davonlaufen. Einige Leute drehten sich nach ihr um. Was sollte ich tun? Wenn ich sie verfolgte, würde es einen Menschenauflauf geben. Und das war das letzte, was ich beabsichtigte. So ließ ich es denn sein. Sie äng-

stigte sich vor mir. Ich hatte alles falsch gemacht. Dies auch. Obwohl ich wußte, daß es sinnlos war, suchte ich an den folgenden Abenden die ›Libuscha-Bar‹ wieder auf. Aber sie kam nicht.
Ängstigte sie sich wirklich vor mir? Die Begegnung mit mir bedeutete für sie so etwas wie eine Nötigung, sich den quälenden Fragen zu stellen, die sich in ihrem Inneren regten. Und davor hatte sie Angst. Nicht vor mir, sondern vor sich selbst. Was hätte sie denn von mir auch zu befürchten gehabt? Ich wollte ihr doch nur sagen, daß ich mich ebenso quälte wie sie sich, und daß sie nicht allein war in ihrer Schuld, und daß wir miteinander überlegen müßten, wie wir aus unserem Elend herausfänden oder wie wir mit diesem Elend und mit dieser Schuld weiterleben könnten. Ein Herausfinden gab es ja nicht, die Schuld war zu einem Teil unseres Lebens geworden. Wir hatten es nicht anders gewollt, jeder auf seine Weise. Aber vielleicht litt sie weniger unter der Schuld als unter der heimlichen Gemeinsamkeit, die durch die Schuld entstanden war. Sie wollte nichts mit mir gemeinsam haben, keine Schuld und nichts. Ich zweifelte nicht daran, daß Torsten ihr die Hebung der ›Nausikaa‹ in allen Einzelheiten beschrieben hatte und daß dabei auch die Rede auf die zurückgeschobene Kappe des Vorluks und auf das offene Oberlicht gekommen war. Es gehörte nicht viel Verstand dazu, um herauszufinden, daß ich meine Finger im Spiel gehabt haben mußte. Was ich in all der Not wie ein verbotenes Glück empfand, war für sie wahrscheinlich ein Anlaß zum Zorn. Sicher.
An einem Montagnachmittag, als ich am Blumenthaler Hafen vorbeifuhr, sah ich, daß Torsten auf der ›Nausikaa‹ arbeitete. Ich bog ein, stellte den Wagen hinter dem Klubhaus ab und ging auf die Landzunge, von der aus ich ihm zuwinkte. Er war damit beschäftigt, die Segel zu bergen. »Lassen Sie sich mit dem Tuffel übersetzen!« rief

er. »Wir haben die Segel gestern nicht trocken gekriegt. Aber jetzt sind sie soweit.«
Ein Junge wrickte mich in dem kleinen, breiten Boot nach der Jacht hinüber. Ich half Torsten beim Zusammenlegen und Verstauen der Vorsegel. Unsere Unterhaltung drehte sich natürlich um die ›Nausikaa‹. Die Versicherung war überaus entgegenkommend gewesen. »In Kleinigkeiten großzügig«, sagte Torsten. Man sah es dem Schiff nicht an, daß es auf dem Grund der Weser gelegen hatte und bis zur Unkenntlichkeit verschlickt und verschmiert gewesen war. Alles glänzte von frischem Lack. Herr Spreckelsen hatte die Gelegenheit benutzt, um die Schwertkette durch ein Drahtseil mit Talje ersetzen zu lassen, das von der Plicht aus bedient werden konnte. Es fiel mir nicht schwer, das Gespräch von der Schwertkette auf Doktor Block und von Doktor Block auf Silke zu bringen.
»Also Sachen gibt's, die gibt's gar nicht.« Torsten hielt den Segelsack und den halb hineingestopften Klüver mit den Knien fest und drehte die rechte Faust in den linken Handteller. »Silke. Seit dieser elenden Geschichte schleicht sie im Haus umher wie eine kranke Geige. Und wenn ich ihr einmal gut zurede von wegen Kopf hoch und so, dann wird sie frech. Ach, frech ist überhaupt kein Ausdruck. Ich wundere mich, daß sie mir noch kein Stück aus meiner Schulter herausgebissen hat.«
»Aber das müssen Sie doch verstehen, Torsten. Sie ist doch kein Kind mehr. Und da geht ihr so etwas verdammt nahe. Ich spreche von der Enttäuschung mit Doktor Block. Ihre Frechheit bedeutet nur, daß sie sehr unglücklich ist. Bei Frauen äußert es sich eben auf diese Weise.«
»Stellen Sie sich Folgendes vor: Wie sie mich gestern abend wieder so anbellt, sage ich zu ihr, es sei allmählich an der Zeit, daß sie eine gelangt kriege. ›Tu's doch!‹ sagt

sie da und hält mir ihr Gesicht hin. ›Los, tu's doch!‹ Selbstverständlich meinte sie es nicht im Ernst. Aber Sie hätten nur ihre Augen sehen sollen. Richtig unheimlich. Mit einem Mal zischte sie zwischen den Zähnen hervor: ›Du feiges Affenmaul, du!‹, stößt mich vor die Brust, daß ich gegen den Tisch falle, und rennt heulend in ihr Zimmer. Als ob ich schuld daran sei, daß ihr Doktor Block ertrunken ist.«

»Hm«, sagte ich. »Vielleicht war es ihr doch ernst mit dem ›Tu's doch!‹«

»Wieso?«

»Und sonst? Wie benimmt sie sich denn sonst?«

»Haben Sie auch schon etwas davon gehört?«

»Nein. Wovon?«

»Es wird ja schon darüber geredet. Meine Eltern wissen einfach nicht mehr, wie sie ihr Umherschweifen bändigen sollen. Sie können sie doch nicht anbinden. Den einen Abend ist da und den anderen dort und den dritten wieder woanders. In irgendeiner Bar oder so. Ganz gleich, ob der Chef auf den Tisch schlägt oder ob Mumms ihre Hand auf ihre legt, ich meine auf Silkes, und vernünftig mit ihr redet, wirklich vernünftig und ruhig, wie Mumms so ist, ganz gleich, sie sitzt da und guckt zum Fenster hinaus und antwortet nicht. Und abends hockt sie in den Bars herum, bis sie betrunken ist. Die Leute reden ja schon darüber. So etwas nagt doch an einem. Ich stimme ja nicht allzuoft mit meinen Eltern überein, aber hier muß ich mich zu ihrer Partei schlagen. Es ist eine Schande. – Wollen wir das Großsegel noch schnell unter die Persenning packen?«

Er hatte beim Sprechen den Klüver im Sack verstaut. Während wir das Segel auf den Baum packten und mit den Zeisingen festbanden, sagte ich, daß ich gern einmal mit Silke sprechen würde. Ob er mir nicht dazu verhelfen könne?

Das wolle er gern tun, aber...
»Ich glaube nämlich, daß ich etwas bei ihr ausrichten kann. Manchmal erreicht ein Fremder ja mehr als die Anverwandten, auch wenn sie es noch so gut meinen.«
Das wolle er gern tun. Ich dürfe mich aber nicht wundern, wenn sie mir einen Eckzahn ausschlüge.
»Sie ist mir einen Eckzahn wert«, sagte ich.
Torsten hielt inne und sah auf, arbeitete dann aber um so eifriger weiter. Dabei murmelte er so etwas wie eine Entschuldigung vor sich hin.
Ich setzte ihm auseinander, warum es mir bislang nicht geglückt war, Silke zu treffen. Es genüge mir schon, zu wissen, wann sie morgens das Haus verlasse.
Torsten konnte es nicht sagen. Wenn er in eisiger Morgenfrühe, wie er sich ausdrückte, zur Schule gehe, liege sie noch im Bett. Aber er werde es in Erfahrung bringen und mich dann anrufen.
»Das wäre nett von Ihnen, Torsten. Ich bedanke mich schon jetzt.«
Am nächsten Nachmittag teilte er mir mit, daß Silke in der Regel gegen neun Uhr mit dem Rad zum Bahnhof Sankt Magnus fahre und dort um neun Uhr zwölf in den Vorortzug nach Bremen steige. »Viel Glück!«
»Danke! Ich kann es brauchen.«
Abends hörte ich in der Blumenthaler Volksbücherei einen Vortrag über Adalbert Stifter. Auf dem Nachhauseweg sah ich einen hellen Schein über den Häusern von Vegesack. Und gleich darauf drang das Röhren von fernen Orgeln und Lautsprechern an mein Ohr. Seit Sonnabend war Vegesacker Markt.
In einer Seitenstraße fand ich eine Parklücke für meinen Wagen. Ich stieg aus, schloß die Tür ab und ging dem trunkenen Schauspiel aus Lärm und Licht entgegen. Obwohl mich ein Jahrmarkt nicht mehr im gleichen Maße

verzaubert wie in meiner Jugend, was zum Teil an meinen Jahren und mehr noch daran liegen mag, daß bei den sogenannten Attraktionen die technischen Mittel nicht nur vorherrschen, sondern sich auch zur Schau stellen, verliere ich mich doch immer noch gern in dem dudelnden Gewoge. Auch an diesem Abend überließ ich mich nach wenigen Schritten halb widerstrebend, halb wohlig dem Gegeneinandergrölen der Schlager, den paradiesischen wie den grausigen Bildern auf den Giebeln und Wänden der Schaubuden, den tolpatschigen Zwiegesprächen zwischen den Ausrufern und den angetrunkenen Marktbesuchern, den halb entblößten Frauengestalten, die wie Galionsfiguren von den Pfeilern der Luftschaukeln in die Ferne blickten, den verschiedenartigen Gerüchen, dem Schimmern und Wehen der paillettenbesetzten Gardinen unter den kreisenden Karussellhimmeln und den sich langsam aneinander vorbeischiebenden Menschenströmen. Das dichteste Gedränge herrschte merkwürdigerweise nicht vor den elektrischen Autos oder vor den Todesfahrern auf Motorrädern, sondern vor dem altmodischen Berg-und-Tal-Karussell. Beim Näherkommen sah ich, daß sich dort vorwiegend Halbwüchsige mit ihren Mädchen versammelt hatten. Soweit sie nicht in den phantastischen Karossen dahinfuhren, von gläsernen Rubinen, Smaragden und Saphiren umblitzt, standen sie auf den Brettern des Umgangs, der das Auf und Ab der Fahrbahn begleitete, und rauchten oder warfen Konfetti und Luftschlangen in die Wagen. Ich gesellte mich zu ihnen. Im Augenblick hielt das Karussell. Die Gruppe vor mir schien etwas Besonderes zu planen. Ihr Anführer, ein breitnasiger Bursche, der blaue Leinenschuhe mit weißen Rändern trug, verteilte Konfettitüten und gab, ohne die Zigarette aus dem Mund zu nehmen, seine Anweisungen. Eine Glocke ertönte, die Wagen begannen wieder zu rollen. Und da tauchte sie empor: Sil-

ke. Sie saß allein in einer Karosse und hatte die Arme rechts und links auf die Rücklehne gelegt. In ihrem Haar und an ihren Wimpern hingen Konfettiblättchen. Ein großer Stofflöwe mit feixendem Maul und schlaffen Pfoten, den sie offenbar am Glücksrad gewonnen hatte, kauerte auf ihrem Schoß. Als sie an uns vorbeirauschte, traf ein Gestöber von Konfetti ihr Gesicht. Luftschlangen und Pfiffe flogen über sie hin und hinter ihr her. Sie blieb unbeweglich sitzen, wurde hinab und hinauf geführt und verschwand. Ich trat etwas zurück und hoffte, daß sie mich nicht bemerkt habe. Nach wenigen Sekunden kam ihr Wagen wieder zum Vorschein und eilte in voller Geschwindigkeit vorüber. Pfiffe, Gejohle, stäubender Papierschnee. Und darin Silkes unbeteiligtes Gesicht, das sich in seiner Verschlossenheit schöner und fremder ausnahm als je. Ihre Augen schienen nichts zu sehen, ihr Mund war leicht geöffnet, als träume er. Von Mal zu Mal wirbelte ihr ein wilderes Gestöber entgegen. Schließlich trat der Breitnasige dicht an die Fahrbahn heran und warf eine Handvoll Konfetti gegen ihren Mund. Noch immer verzog sie keine Miene. Ein Schweif von Luftschlangen strudelte hinter ihr her.
Der junge Mann, der sich mit weichen Bewegungen von Wagen zu Wagen geschwungen und den Fahrgästen das Geld abgefordert hatte, ließ sich, weit zurückgelehnt, auf den Umgang hinaustragen, lief ein paar Schritte, drehte sich um und sagte zu dem Breitnasigen, er möge sich etwas mäßigen, bitte.
»Du hast wohl eine Meise unter deinem Pony? Mäßigen? Sie soll mal mit den Augen klimpern, zum Satan auch!«
»Hören Sie zu: Ich rate Ihnen, sich zu mäßigen.«
Der Breitnasige senkte die Hand, die er schon halb erhoben hatte, und trat in den Kreis seiner Horde zurück. Unbehelligt schwebte Silke vorüber. Auch beim näch-

sten Mal geschah ihr nichts. Der junge Mann war in der Nähe stehen geblieben und beobachtete den Breitnasigen. Als Silke wiederum heranwogte, richtete sie sich auf, holte mit dem Löwen aus, den sie bei den Hinterbeinen gefaßt hatte, und schleuderte ihn dem Breitnasigen so heftig ins Gesicht, daß er hintenübertaumelte. Funkensprühend flog die Zigarette zur Seite. Der junge Mann lachte laut auf. Während der Getroffene sich vorbeugte und mit dem Handrücken das linke Auge rieb, in das eine Pfote des Löwen hineingefahren war, wobei er den Mund auf eine komische Weise verzog, schwebte Silke abermals und abermals dahin. Dann läutete es, das Karussell verlangsamte seine Fahrt, Silkes Wagen kam ein Stück hinter uns zum Stehen. Sie stieg aus und schlenderte dicht an dem Breitnasigen vorbei. Eins der Mädchen stieß ihn an: »Los, Tocke, sag ihr guten Tag!« Die übrigen redeten gleichfalls auf ihn ein. Er drückte den Handballen auf das tränende Auge und blinzelte mit dem anderen umher. Als er begriffen hatte, was man von ihm wollte, war Silke schon ein gutes Stück gegangen. Er riß den Löwen an sich, den das Mädchen ihm hinhielt, und warf ihn mit einem Schimpfwort hinter Silke her, verfehlte sie aber beträchtlich. Ohne sich um das Tier zu kümmern, schlenderte sie weiter. Da setzte Tokke sich in Bewegung. Ein weiter Armschwung hielt die anderen zurück, die sich ihm anschließen wollten: »Geht auf meine Rechnung. Abhauen!« Ich heftete mich an seine Fersen. Von Zeit zu Zeit ließ er die Hand sinken und blinzelte mit beiden Augen vor sich hin. Aber gleich darauf mußte er das tränende Auge wieder schützen.
Silke hatte unterdessen die Gerhard-Rohlfs-Straße überquert und war in die Halenbeckstraße eingebogen, die zur Weser führte. Im Licht einer Laterne sah ich, daß ihre Rechte ein paar spielerische Figuren neben ihrer Hüfte beschrieb, als gebe sie sich ganz der Melodie hin, die ein

Lautsprecher gerade über das allgemeine Gedudel des Marktes emporhob. Was jetzt wohl in ihrem Kopf vorging oder in ihrem Blut? Sie konnte eigentlich nicht im Zweifel darüber sein, daß Tocke sie verfolgte. Legte sie es darauf an, Gewalt zu erfahren? Wollte sie Schmerzen und Schande?

Neben dem Ortsamt blieb sie eine Weile stehen und blickte auf die Weser hinunter, die fünfzehn Meter tiefer vorbeizog. Auf der Werft am anderen Ufer wurde noch gearbeitet. Die bläulichen Sprühflammen der Schweißer zuckten durch die Nacht. Davor glühten drei rote Seitenlichter eines schattenhaften Schleppzugs, der sich gegen den Ebbestrom nach Bremen quälte. Die Treppe, die in mehreren Absätzen den Steilhang hinabführte, war beleuchtet, die Uferpromenade auch. Aber der schmale Streifen dazwischen, der sogenannte Stadtgarten, mit seinem Buschwerk und seinen Baumgruppen, lag im Dunkeln. Gelassen ging Silke die Stufen hinunter. Tocke zog seine Hose hoch und schlich hinter ihr her. Die Treppe mündete auf einen Weg, der sich nach rechts wandte, der Uferpromenade zu. Eine Abzweigung verlor sich im Gebüsch. Ohne zu zögern, wählte Silke die Abzweigung. Ich atmete und schluckte. Es sah so aus, als werde ihr Gang langsamer und langsamer, wenn sie nicht überhaupt stehengeblieben war. In der Dunkelheit ließ es sich nicht recht erkennen.

Tockes ersten Schlag konnte ich nicht verhindern. Aber dann war ich zur Stelle. An dem zähneknirschenden Kraftaufwand, mit dem ich ihn zurückkriß, schüttelte und ins Gebüsch warf, merkte ich, wie erregt ich war. Und dann duzte ich Silke auch noch: »Was fällt dir denn ein, du... du...« Ich nahm sie bei der Hand und zog sie mit mir fort. »Entschuldigen Sie! So geht es doch nicht... Nein, Sie kommen jetzt mit.« Mein Griff wurde fester. Inzwischen hatte Tocke sich aufgerafft und kam hinter uns her. Aber ich brauchte nur auf ihn zuzulaufen, da durchbrach er, tief geduckt, das Gebüsch und rannte davon. Das hastige Tappen seiner Leinenschuhe verlor sich auf der Promenade. Ein Feigling wie die meisten dieser Hordenjünglinge.

Wir stiegen schweigend die Treppe hinauf, Silke und ich. Ich hatte sie wieder beim Handgelenk gefaßt. Auf der Terrasse vor dem Ortsamt sagte sie, ich könne sie ruhig loslassen, sie laufe nicht weg. »Es würde Ihnen auch wenig helfen«, sagte ich und öffnete meinen Griff. Nach ein paar Schritten stieß sie mit ihrem Fuß gegen mein Knie, daß ich einknickte, und sprang in großen Sätzen die Treppe hinunter. Auch wenn sie nicht abgerutscht und seitlich über die Stufen gerollt wäre, hätte ich sie schnell eingeholt. Laufen war schon immer meine Stärke. Sie blutete an der Backe und am Arm. Aber darauf konnte ich keine Rücksicht nehmen, ich wußte jetzt ja, worauf ich bei ihr gefaßt sein mußte. Und so packte ich zum drittenmal ihre Hand. Ihre Glieder waren jedenfalls heil geblieben. Als sie sich von ihrer Benommenheit erholt hatte, drohte sie mir, sie werde, wenn ich sie nicht augenblicklich freigäbe, so laut schreien, daß die Leute zusammenliefen. Ich sagte, das solle sie nur tun. Sie werde damit lediglich erreichen, daß nicht ich sie nach Hause brächte, sondern die Polizei. Mein Wagen sei übrigens bequemer als ein Polizeifahrzeug. Warum also schreien?

Da fügte sie sich. Sie ließ es sogar zu, daß ich, ehe wir weitergingen, mit meinem Taschentuch das Blut von ihrer Backe wegwischte. Die Abschürfung hatte weiter nichts zu bedeuten. Silke mußte ihren Sturz mit der Gewandtheit einer Katze vollbracht haben.

Wenn uns Leute entgegenkamen, zog ich sie so dicht an mich heran, daß mein Griff weiter nicht auffiel. Ich rechnete damit, daß sie beim Einsteigen noch einmal versu-

chen werde, zu entkommen. Aber sie tat nichts dergleichen.
Und dann saß sie in der Dämmerung des leise dahinsurrenden Wagens neben mir und starrte durch die Windschutzscheibe nach vorn. Von Zeit zu Zeit warf ich aus den Augenwinkeln einen Blick auf sie. Die wechselnden Helligkeiten der Lichtreklamen glitten über sie hin. In ihrem Haar zitterten noch einige Konfettiblättchen. Das Kinn war eine Kleinigkeit vorgeschoben, über der Nasenwurzel stand eine Falte. Wäre ihr Mund nicht gewesen, so hätte man sie für ein ungezogenes Kind halten können. Aber der Mund, der halb geöffnete, überdeutlich geschminkte Mädchenmund, bewirkte, daß ein Ziehen durch mich hindurchging, so angenehm und hoffnungslos zugleich, wie ich es noch nie erfahren hatte. Meine Hand umschloß das Lenkrad, als führe ich über eine Straße voller Schlaglöcher. Ob ich hinsah oder nicht, immer hatte ich diesen Mund vor mir, den Trotz, das Lechzende, die Einsamkeit, die Jugend.
Während der Fahrt, die gute zehn Minuten dauerte, sprachen wir kein Wort miteinander. Ich brachte den Wagen etwa hundert Meter vor dem Spreckelsenschen Grundstück zum Stehen. Als Silke sich anschickte, die Tür zu öffnen, holte ich Luft und sagte zu ihr, ich hätte noch etwas mit ihr zu bereden. »Bitte bleiben Sie sitzen!« Aber sie drückte die Tür auf und streckte den Fuß hinaus. Da riß ich sie mit einem ähnlichen Übermaß an Kraft, wie ich es vorhin bei diesem Tocke angewandt hatte, zu mir her und schrie sie an, ob sie nicht endlich begreifen wolle, daß es um ihr Leben gehe, um ihr dummes, um ihr... ach, um ihr dummes, dummes, dummes Leben. Ich wußte nicht mehr, was ich sagte. Zuckend vor Unbeherrschtheit faßte ich vor ihr her nach der Tür und schmetterte sie ins Schloß. Silke saß aufrecht da und hielt die rechte Hand auf den linken Unterarm gepreßt, auf

den sie vorhin gefallen war. Ich mußte ihr weh getan haben.
»Verzeihung!« stieß ich hervor. »Aber ich kann das einfach nicht mehr mitansehen, wie Sie sich aufführen. Ich will nicht, daß Sie sich vor die Hunde werfen. Ich will das nicht.«
Langsam wandte sie ihr Gesicht zu mir her. Es war finster und unzugänglich.
»Wollen Sie mir zuhören?« sagte ich.
Sie sah wieder nach vorn, kreuzte die Hände auf ihrem Schoß und lehnte sich zurück.

IX

Man mag ein Gespräch, dessen Ausgang einem besonders am Herzen liegt, noch so oft vorbedacht haben, wenn es dann zustande kommt, genügt ein unerwarteter Einwand, um alle Sorgfalt hinfällig zu machen. Ich hatte mir gut überlegt, wie ich mich Silke gegenüber verhalten müsse, mit welchen Entgegnungen ich etwa zu rechnen hätte und wohinaus ich das Ganze führen wolle, und ich war fest entschlossen, auch bei den krassesten Ungezogenheiten, an denen sie es wahrscheinlich nicht fehlen lassen würde, ruhig zu bleiben und unbeirrt meinen Weg zu verfolgen. Aber kaum hatte ich mit einigen vorsichtigen Sätzen begonnen, da unterbrach sie mich und fragte mit kühler Stimme, wie viele Jahre darauf stünden.
»Worauf?« fragte ich in meiner Verwirrung zurück, obwohl ich recht gut verstanden hatte, was sie meinte.
Sie legte den Kopf etwas nach hinten und sagte gegen das Verdeck: »Als ob Sie das nicht wüßten.« Und nach einer Pause: »Wenn man einen Menschen... wenn man das getan hat.«

Ich antwortete, es komme auf die Umstände an.
»Als ob Ihnen die Umstände nicht bekannt wären.«
»Einige wohl, aber nicht alle. Die wichtigsten nicht.«
Sie starrte bewegungslos nach oben und schwieg. Da der Wagen etwa in der Mitte zwischen zwei Laternen stand, lag eine ungewisse Dämmerung auf ihrem Gesicht, die das Braun ihrer Haut noch dunkler erscheinen ließ, als es sowieso schon war. Das halblange, tiefschwarze Haar berührte den oberen Rand der Rückenlehne. Wie immer fielen einige gelöste Strähnen über ihre Augen. Ich wartete darauf, daß sie weiterspräche, aber sie schwieg. Sollte ich versuchen, das Gespräch in Gang zu halten oder sollte ich gleichfalls schweigen? Ein falsches Wort konnte alles verderben. Andererseits lag mir sehr viel daran, zu erfahren, was eigentlich in jener Nacht auf der ›Nausikaa‹ geschehen war. Solange ich das nicht wußte, blieb unser Gespräch ohne rechte Grundlage. Zunächst begnügte ich mich damit, sie von der Seite anzusehen. Sie achtete jedoch nicht darauf. Ich wartete. Nach einiger Zeit stieß sie, wie es ihre Art war, die Luft unwillig durch die Nase, zweimal, wobei sie das Kinn eine Kleinigkeit hob. Es konnte ebensogut mir gelten wie dem Gedanken, der ihr gerade durch den Kopf ging. »Umstände? Sie haben sie Torsten ja haarklein auseinandergesetzt. Von Mann zu Mann.« Wieder dieser unwillige Luftstoß. »›Wir müssen davon ausgehen, daß sie wie ein Stern ist, der sich im dunklen Strom spiegelt‹. Was für Umstände wollen Sie denn sonst noch wissen?«
»Ihr Vater meint, Doktor Block sei mit der Hand in die Schwertkette gekommen.«
»Möglich.«
»Möglich schon. Ich glaube es aber nicht.«
Sie zuckte nur mit den Schultern.
»Soll ich Ihnen einmal sagen, was ich glaube?«
Diesmal erfolgte nur ein leiser Luftstoß.

»Über gewisse Voraussetzungen brauchen wir uns nicht mehr zu unterhalten. Wer bedenkenlos liebt, haßt auch bedenkenlos. Wir wollen es gut sein lassen. Sie hatten keinen festen Plan, als Sie ihn mit dem Beiboot nach der ›Nausikaa‹ hinüberruderten, nicht einmal, als Sie das Vorluk abschlossen, Sie waren nur von einem maßlosen Haß erfüllt, gegen ihn, gegen Ihre Mutter, gegen Torsten, gegen mich, gegen die ganze Welt und gegen sich selbst, am meisten wahrscheinlich gegen sich selbst. Vor lauter Haß konnten Sie nicht mehr denken. Ihre Hände taten etwas, wovon Ihr Kopf nichts wußte.«
»Ich bedauere, den Herrn Verteidiger enttäuschen zu müssen. Mein Kopf wußte recht gut, was meine Hände taten. Sie sollten Ihren Unsinn erst ein bißchen sortieren, ehe Sie ihn von sich geben.«
»Fräulein Silke, warum wollen Sie sich denn mit Gewalt schuldiger machen, als Sie sind?«
»Ich mache mich nicht schuldiger, aber ich mache mich auch nicht unschuldiger. Wozu denn auch?«
Während ich Mühe hatte, die Erregung zu unterdrücken, in der ich mich befand, sprach sie in einer so beiläufigen Art, als handele es sich um die belangloseste Sache der Welt. Lediglich der kaum spürbare Unterton von Bitterkeit verriet, wie es in Wirklichkeit um sie stand.
»Sie haben schon deshalb nicht planmäßig gehandelt, weil Sie ja nicht vorhersehen konnten, daß er Sie auffordern werde, ihn nach der ›Nausikaa‹ hinüberzurudern. Und noch weniger konnten Sie vorhersehen, daß die Jacht gerade zu diesem Zeitpunkt vom Damm heruntergerissen würde.«
Mit spitzen Fingern faßte sie nach einem Konfettiblättchen, das an einem Haar vor ihren Augen haftete, und ließ es zu Boden fallen. »Manche Menschen besitzen die Fähigkeit, sich blitzschnell zu etwas zu entschließen. Ein schneller Entschluß braucht kein unbewußter Entschluß

zu sein. Wer auf eine Gelegenheit wartet, weiß sie zu nutzen, wenn sich ihm eine bietet.«
»Gut, Sie warteten auf eine Gelegenheit, sich zu rächen. Aber damit ist noch nicht gesagt, daß Sie vorhatten, ihn umzubringen.«
»Ihn und mich.«
»Oh!« Ich rückte zur Seite und wandte mich, halb an die Tür gelehnt, zu ihr.
Sie wiederholte: »Ihn und mich.«
»Ich möchte Ihnen nicht zu nahe treten«, sagte ich langsam. »Aber...« Meine Hand machte eine fragende Bewegung zu ihr hin.
»Aber ich sitze hier, und er ist tot. Schön. Sehr schön sogar. Und nun wissen Sie ja, was Sie von mir zu halten haben.« Sie öffnete ihren Mund, als wolle sie ein Stück aus der Luft herausbeißen. Dann schluckte sie ein paarmal, faßte mit der Linken in ihr Haar und blieb so sitzen.
Ich sagte, meine Meinung über sie habe sich nicht geändert.
Die Linke ließ das Haar fahren, die Rechte suchte den Türgriff. »Ich möchte jetzt aussteigen.«
»Und ich möchte, daß Sie jetzt nicht aussteigen. Wir haben doch überhaupt noch nicht richtig angefangen.« Ich holte ihre Hand von der Tür zurück und legte sie mit Bestimmtheit auf ihren Schoß.
»Lassen Sie mich aussteigen!« wiederholte sie.
»Nicht, bevor Sie mir gesagt haben, wie es kommt, daß Sie hier sitzen, während er tot ist.«
Sie senkte ihre Stimme: »Weil ich ein Feigling bin.«
»Sie mögen dies und jenes sein, aber ganz sicher kein Feigling.«
»Lassen Sie mich aussteigen.«
»Für jemanden, der so gut schwimmen kann wie Sie, ist es wahrscheinlich sehr schwer, sich zu ertränken.«

»Wenn ich zu ihm in die Kajüte hinuntergeklettert wäre und seine Beine umklammert hätte, säße ich jetzt nicht hier.«
»Und warum haben Sie es nicht getan?«
»Weil es mir erst hinterher eingefallen ist. Es ging ja alles Hals über Kopf.«
»Man hat mir vor kurzem glaubhaft versichert, manche Menschen besäßen die Fähigkeit, sich blitzschnell zu etwas zu entschließen.«
»Ich habe mich blitzschnell entschlossen. Aber es war ein falscher Entschluß. Sie wären auch nicht darauf gefaßt gewesen.«
»Das wollen wir dahingestellt sein lassen.« Ich hatte inzwischen erkannt, daß ich sie, wenn das Gespräch in Fluß bleiben sollte, immer ein wenig reizen mußte. Nur ein wenig, damit sie die Absicht nicht merke.
»Sie wissen ja gar nicht«, sagte sie, »wovon ich rede.«
»Vielleicht weiß ich es, vielleicht weiß ich es nicht. Es hat sich damals so gefügt, daß ich als erster die Lukenkappe und das Oberlicht der ›Nausikaa‹ erblickte. Ich allein. Wenn das Wasser auch noch über sie hinging, ließ sich doch schon feststellen, in was für einem Zustand sie waren. Und daraus konnte ich meine Schlüsse ziehen. Ziemlich eindeutige Schlüsse, nicht wahr? Torsten schlief am Deich, und Ihr Vater war fortgegangen, um einen Feuerwehrschlauch zu besorgen. Aber das alles ist Ihnen längst bekannt vermutlich.«
Sie drückte den eingeschlagenen Daumen der linken Hand gegen ihre Zähne und nagte am Gelenk herum. Ihre Stirn war gesenkt, ihre Augen sahen mich von unten her mit finsterer Nachdenklichkeit an. Mit einem Male riß sie die Hand von ihren Zähnen weg und hob ihr Gesicht dicht vor meins: »Mit welchem Recht mischen Sie sich eigentlich ununterbrochen in meine Angelegenheiten?«

Ich hielt ihren Augen stand. »Auch das dürfte Ihnen längst bekannt sein.« Das wunderbare Nachtblau war gerade noch zu erkennen. Nie würde ich von den Augen loskommen. Wenn ich es noch nicht gewußt hatte, dann wußte ich es jetzt. Es war wie Wahnsinn. Ich erblickte das unbegreifliche Leben in der Augennacht, die fremde, drohende Unberührtheit, das wehrlos Zuckende da innen, unbegreiflich und doch tief vertraut. Etwas verschwommen gewahrte ich auch den Mund, der groß und unbeherrscht vor mir atmete. Und da hörte ich mich sagen: »Weil Sie... weil Sie mir so viel bedeuten.« Meine Stimme klang, als komme sie aus weiter Ferne. »So sehr viel bedeuten...«, sagte die Stimme.

Silkes Augen blieben unverändert. Sie hob die Fingerspitzen der Hand, die auf ihrem Schoß lag, eine Kleinigkeit wie zur Abwehr und drängte den Ellbogen an ihre Hüfte. Das war alles. Dann sank sie zurück, sah nach vorn und nagte unter wiederholtem Luftausstoßen von neuem an ihrem Daumengelenk.

In meinem Kopf rauschte und strudelte es. Ich begriff erst nach und nach, was ich gesagt hatte. Das Gefühl der Scham, das mich erfüllte, wurde von einer Welle des Glücks oder doch der Erleichterung überströmt, meine Brust fühlte sich so frei. Am liebsten wäre ich ausgestiegen und um den Wagen herumgegangen. Aber da begann Silke zu sprechen. Konnte sie die Einsamkeit ihrer Gedanken nicht mehr ertragen, oder war die Preisgabe ein weiteres Zeichen ihres Verlangens nach Demütigung und Schande? Jeder Mensch, der schuldig geworden ist, kommt irgendwann einmal dahin, daß er mit jemandem reden muß, ganz gleich, mit wem. Nur reden. War sie jetzt dort angelangt? Oder hatte mein Gestammel doch einen gewissen Eindruck auf sie gemacht? Oder sprach sie nur mit sich selbst? Oder wirkte alles zusammen? Wie es sich auch verhalten mochte: sie sprach. Nagend und

luftausstoßend sprach sie über die Vorgänge in jener Nacht.
Während ihres Umherirrens am Ufer hatte sie nur den einen Gedanken gehabt: Ich muß ihn umbringen, sonst kann ich nicht mehr leben, ich muß ihn umbringen. Schindluder treiben mit ihr! Nein! Und wenn er noch so allwissend war: nein! Mit ihr nicht. Aber als sie dann die Unterhaltung zwischen Torsten und mir auf der schräg liegenden ›Nausikaa‹ mitangehört hatte, war ein solcher Ekel in ihr aufgestiegen, daß sie auch über sich das Todesurteil gefällt hatte. Wie hätte sie es denn ertragen sollen, von der Mutter, von Torsten, von mir und wer weiß von wem noch alles verhöhnt oder gar bemitleidet zu werden? Wenn sie daran dachte, daß wir Zeugen ihrer Glückseligkeit und ihres Eifers für Doktor Block gewesen waren und doch schon gewußt hatten, wie verächtlich er über sie dachte, dann mußte sie die Nägel in ihre Schläfen krallen vor verzweifelter Wut und in sich hineinknirschen und sich schütteln. Sie war ja schon immer in Sorge gewesen, ob sie seinen Ansprüchen auch genüge, aber mit etwas so Schlimmem hatte sie nicht gerechnet. Alles war zertreten, ihre Liebe, ihr Stolz, ihre Zukunft, überhaupt alles. Wie hatte sie zu ihm aufgesehen! Wie hatte sie ihn geliebt! Und womöglich liebte sie ihn irgendwo in der Finsternis ihres Herzens immer noch. Um so schändlicher für sie. Für ihn und für sie, aber vor allen Dingen für sie. Pfui Teufel, nicht darüber nachdenken! Pfui Teufel! Sie mußten beide sterben, beide, beide, beide. Etwas anderes gab es nicht. Er hatte es ja selbst gesagt: um sich schlagen, beißen, schießen, Bomben legen. Und was er sonst noch alles gesagt hatte. Das war es. Sie richtete sich wieder auf. Die Qual beim Atmen löste sich etwas. Und je eindringlicher sie sich mit dem gemeinsamen Tod befaßte, um so ruhiger wurde sie. Nach einiger Zeit war sie sogar imstande, über Einzel-

heiten ihres Plans nachzudenken. Er brauchte ja nicht heute und nicht morgen verwirklicht zu werden. Sie hatte Zeit. Am ehesten würde es sich in der Redaktion machen lassen. Abends nach dem Umbruch, wenn er bei einer Zigarre und einer Tasse Kaffee die nassen Abzüge der Wirtschafts- und Schiffahrtsseiten durchsah. Ein Dolchstoß von hinten oder ein Schuß. Und dann ein zweiter Schuß. In ihr Herz. Keine Angst, sie brachte es fertig! Das sollte das wenigste sein. Schwieriger war es schon, an einen Revolver zu kommen. Sie nahm an, daß ihr Vater einen besaß. Nur wußte sie nicht, wo er ihn aufbewahrte. Aber sie würde ihn schon finden. Im Schlafzimmer oder im Schreibtisch. Sonst mußte sie eben zum Dolch greifen.

So ungefähr hatte es in ihr ausgesehen, als Doktor Block sie aufforderte, ihn nach der ›Nausikaa‹ zu bringen. Er hätte ebensogut allein hinüberrudern können. Aber er wandte sich an sie. Vielleicht kam ihn gerade wieder die Lust an, mit ihr zu spielen, vielleicht verstand es sich für ihn auch von selbst, daß sie ihm zu Diensten war. Sie gehorchte jedenfalls. Zum letzten Mal. Beim Rudern hatte sie sein Gesicht vor sich, auf das die Ankerlaterne der ›Nausikaa‹ einen schwachen Schein warf. Wenn er jetzt etwas sagt, dachte sie, schlage ich ihm ein Ruder über den Kopf. Der Ekel würgte sie von neuem. Aber Doktor Block schwieg. Ich bin ihm also keines Wortes mehr wert, dachte sie. Dieser schuftige... dieser... dieser Schuft!

Er kletterte als erster auf die Jacht, sie folgte ihm. Aus der Ferne tönte das Rauschen der Sogwellen, die der vorüberziehende Dampfer ans Ufer sandte, durch die Dunkelheit. Mit einem Male schoß der Wunsch in ihr hoch, der Sog möge, wenn Doktor Block in der Kajüte nach dem Armband suchte, die Jacht loshebeln und in die Tiefe schicken. Sie verstand nicht, warum sie nicht schon früher darauf verfallen war. Oder hatte der Wunsch schon seit langem in ihr geschwelt? Aber das war ja gleich. Wenn der Schuft nur nicht so viele Umstände machen wollte! Er rüttelte erst an der Oberlichtklappe herum, dann zog er das eine Hosenbein seines Trainingsanzugs bis unter den Bauch hinauf und dann, während die Wellen näher und näher kamen, das andere. Endlich zwängte er sich durchs Oberlicht in die Kajüte. Ohne viel zu überlegen, riß Silke die Klappe des Vorluks zu und drehte den Schlüssel um. Da gischtete auch schon die erste Welle über das Deck. Die ›Nausikaa‹ knirschte und drehte sich schwerfällig von rechts nach links. »Was ist los?« rief Doktor Block von unten herauf. Seine Hand griff über die Kante des Oberlichts. Aber ehe er sich hochziehen konnte, war die nächste Welle da. Das Schiff ruckte einmal und noch einmal an und sank wieder in seine alte Lage zurück. Doktor Blocks andere Hand tappte herauf, der Unterarm warf sich über die Aufbaukante, der Kopf erschien. Er wird doch nicht herauskommen? dachte Silke. Nein, nicht! Jetzt soll er bezahlen! Verzweifelt und verbissen stemmte sie sich auf die festgeschraubte Oberlichtklappe, bis sie nachgab und an der Führungsschiene hinunterschrammte. Sie traf Doktor Blocks Kopf, der vornübersackte und verschwand. Silke drückte weiter auf die Klappe, aber eine Handbreit über dem Rahmenrand blieb sie endgültig stecken. In diesem Augenblick wuchtete die dritte und größte Welle gegen den Rumpf, ließ ihn hochzucken und wirbelte über das Kajütendach. Irgendwo brach etwas. Die ›Nausikaa‹ begann zu rutschen und glitt mit schwingender Ankerlaterne in die Wasserfinsternis hinein. Silkes Augen konnten nichts mehr sehen. Die Welle, die über sie hinweggezischt war, hatte sie blind gemacht. Aber sie hörte nicht auf, an dem Arm und an der Hand herumzureißen, die noch die Oberlichtkante umklammerten. Alles andere kümmerte sie nicht. Nur nicht herauslassen, nur nicht herauslassen! Plötzlich gab die Hand nach, fuhr gegen Silkes Gesicht und faßte krampfhaft umher. Wahrscheinlich hatte sie es auf das Haar abgesehen. Silke warf den Kopf zurück, die Hand stieß nach, der Mittelfinger drang, als der schwarze Schwall über dem Schiff zusammenschlug, in ihren Mund und hakte sich hinter dem Unterkiefer fest. Es half ihr nichts, daß sie sofort zubiß und gegen den Arm hämmerte, ein stählerner Wille zog sie dicht an den Spalt des Oberlichts heran und zwang sie mit hinunter.

»Und darum lebe ich jetzt noch«, sagte sie mit einem bitteren Auflachen. Ihre Hand riß die Tür des Handschuhkastens auf und drückte sie wieder zu. »Es klingt verrückt, aber es ist so. Ich wollte nicht am Leben bleiben, es gab doch überhaupt nichts anderes mehr, es war doch eine beschlossene Sache, daß ich sterben sollte, er und ich. Und so wäre es nur gut und recht gewesen. Ich meine, daß er mich mit hinunternahm.« Sie senkte den Kopf und stieß den Atem gegen ihren Schoß, diesmal mehr verächtlich als bitter. »Hinterher hat man gut reden. Wenn man aber mittendrin steckt, ist einem anders zumute. Es brodelte nur so um mich her von Luftblasen und Wasser und Gerumpel. Meine Beine wurden nach oben geschwemmt. Aber ich hing wie an einem Angelhaken. Nur daß ich nicht aus dem Wasser herausgezogen wurde, sondern ins Wasser hinein. Es ging ungeheuer schnell, und alles auf einmal. Keine Rede von Überlegungen und so, wahrhaftig nicht. Trotzdem weiß ich noch, was ich dachte, als ich die Lippen zusammenpreßte, um kein Wasser mehr zu schlucken. Durch das Zusammenpressen legten sie sich um den Finger und um das Blut, als ob sie daran saugten. Und das war mir so widerlich, daß es mir hochkam. Mit einem Male wollte ich nicht mehr sterben. Wenigstens nicht so. Ich wollte sterben, aber nicht so, nicht mit ihm zusammen und nicht mit diesem widerlichen Finger im Munde. Vielleicht wollte ich auch nicht mehr sterben, vielleicht war ich zu feige dazu. Ich weiß es nicht. Es war ja auch gleich, was ich wollte oder nicht wollte, er hatte mich ja in seinen Klauen. In seiner Hakenklaue. Der Nagel kratzte die Haut und das Fleisch von meinem Unterkiefer ab, innen. Es tat scheußlich weh. Ich hätte nie gedacht, daß ein einzelner Finger eine solche Gewalt haben könnte. Dabei platzte mir fast der Kopf vor Zubeißen und natürlich auch vor Erstickungsnot. Ich biß und biß. Aber Sie machen sich keine Vorstellung, wie hart ein Knochen ist. Steinhart. Meine Zähne suchten nach dem Gelenk, ohne daß ich es wußte. Endlich fanden sie es. Und da drückte ich sie mit meiner letzten Kraft zusammen. Bei einem Gelenk kommt man durch. Der Haken wurde weich, obwohl die Sehnen noch hielten, und glitschte aus meinem Mund heraus. Ich war frei. Ein Glück, daß die Strömung mich sofort wegriß. Vier Finger können ja auch noch ganz schön zupacken. Ein paar Stampfstöße mit den Füßen brachten mich nach oben. Ich holte Luft und spuckte das Blut aus, seins und meins. Widerlich! – Was wollen Sie sonst noch wissen?«

Während der letzten Sätze hatte sie ihren rechten Arm über die Rückenlehne gehängt und ihre Beine ausgestreckt, so daß sie mehr lag als saß. Dabei kehrte sie mir den Rücken zu und richtete ihre Worte gegen das Seitenfenster. Es war aber weder Ungezogenheit noch Scham, wie man vielleicht denken könnte, es war einfach die Erschöpfung, die jeden Menschen überfällt, wenn er nach einer übermäßigen Anstrengung ans Ziel gelangt ist. Und sie war ja in gewisser Weise an ein Ziel gelangt. So schwieg ich denn erst einmal. Sie lag so unbeweglich da, daß ich glaubte, sie sei eingeschlafen. Als ich mich aber nach einer Weile vorsichtig über sie beugte, sah ich, daß

sie die Augen offen hatte. »Keine Sorge«, sagte sie mit einer Stimme, die nur noch müde klang, müde und traurig. »Ich heule nicht.«
Ich tat so, als sei unser Gespräch nicht unterbrochen gewesen. »Was ich sonst noch wissen möchte, können Sie mir leider nicht sagen. Ich möchte wissen, was sich wohl in ihm abgespielt hat, als er Sie mit seinem Finger festhielt.«
»Das ist doch klar. Er hat gedacht: Wenn ich, dann du auch. Kann man ihm ja auch nicht verdenken.«
»Darum geht es nicht.«
»Sondern?«
»Meiner Meinung nach hätte er sich retten können, wenn er nicht so versessen darauf gewesen wäre, Sie in den Tod zu ziehen. Das Oberlicht war versperrt und das Vorluk auch. Gut. Aber er hätte doch durch die Kajütentür und den Niedergang aus dem Schiff herauskommen können. Durch sofortiges Tauchen. Nachher war es zu spät. Aber daß es zu spät war, lag an ihm. Im Grunde haben Sie einen Versuch mit untauglichen Mitteln unternommen. Solange der Niedergang offenblieb, konnte er leben, wenn er wollte. Sie hätten keine Möglichkeit gehabt, ihn daran zu hindern. Verstehen Sie mich nicht falsch! Sie wollten ihn umbringen, und das ist schrecklich genug, aber Sie haben ihn nicht umgebracht. Ich möchte einen toten Mann nicht beschimpfen, nur – umgebracht hat ihn seine Rachsucht, seine…«
»Ich habe ihn umgebracht«, sagte Silke.
»Verstehen Sie mich bitte auch jetzt nicht falsch! Sein Ende war von einer grausigen Folgerichtigkeit. Er ist an sich selbst zugrunde gegangen. Seine tiefste Lust war die Vernichtung und nicht das Leben. Schon immer.«
»Meine auch. Was soll das Leben denn?«
»Mit Ihnen verhält es sich vollständig anders. Ich weiß, glaube ich, besser über Sie Bescheid als Sie selbst.«

»Viel Vergnügen!«
»Bei Ihnen war und ist es, entschuldigen Sie, die Liebe oder etwas sehr Ähnliches. Sie irren mit einer verzweifelten Liebe in der Welt umher, mit einer geschändeten Liebe.«
»Wenn hier einer umherirrt, dann sind Sie es. Torsten hat mir gesagt, mein Vater habe ihn aus dem Vorluk herausgeholt. Es könnte ja sein, daß es keineswegs zu spät war, als er mich losließ. Und es könnte ferner sein, daß er sich nicht durch den Niedergang retten wollte, sondern durchs Vorluk. Fände ich gar nicht so abwegig. Aber es war verschlossen. Und zwar von mir. Und da hatte er allerdings verspielt. Aber erst da. Könnte es nicht so gewesen sein?«
»Möglich, wenn auch unwahrscheinlich. Jeder vernünftige Mensch versucht in so einer Lage, durch den Niedergang hinauszutauchen.«
»Und wie ist er dann ins Vorschiff gekommen?«
»Du liebe Zeit, was für Strömungen ziehen nicht in einem gesunkenen Schiff hin und her! Ein Kissen, das Ihr Vater übersehen hatte, als er die Kajüte ausräumte, ist auch ins Vorschiff getrieben.«
»Sie sollen nicht versuchen, meine Schuld zu verkleinern.«
»Es bleibt noch genug übrig, Silke. Von Ihrer und von meiner.«
»Von Ihrer? Nennen Sie das Schuld, das bißchen Schlüsselumdrehen und eine Oberlichtklappe öffnen?« Sie kurbelte das Fenster herunter, steckte den Kopf hinaus und wandte ihn nach rechts und links. »Sie können doch gar nicht mitreden«, sagte sie nach draußen. »Schuld, hö!«
Ich wartete, bis sie sich wieder richtig hingesetzt und das Fenster geschlossen hatte. Dann versuchte ich, ihr zu erklären, warum ich glaubte, daß meine Schuld ebenso groß sei wie ihre. »Sehen Sie, Silke, ich habe Sie zu ei-

nem Zeitpunkt im Stich gelassen, als ich auf keinen Fall von Ihrer Seite weichen durfte. Auf gar keinen Fall. Mein Widerwille gegen Doktor Block war so übermächtig, daß ich an nichts anderes mehr denken konnte als an seinen Untergang. Schließlich war er ja erwachsen. Warum sollte gerade ich sein Hüter sein? Wenn er im Schiff umkam, war es seine Sache und nicht meine. Und dann folgte eins aus dem andern. Obwohl ich wußte, was für eine Gefahr Ihnen drohte, von Ihren eigenen wilden Gedanken, von Ihrer Liebe, von Ihrer Verzweiflung, sagte ich kein Wort und rührte keinen Finger, als Sie ihn nach der ›Nausikaa‹ hinüberruderten. Ich wollte doch, daß er umkäme. Ich habe es gewollt, und Sie haben es getan. Wo liegt da der Unterschied? Wir meinen doch jetzt nicht die juristische Seite der Sache, sondern die... die...«
Während ich noch nach einem Ausdruck suchte, der sie nicht kränken sollte, fühlte ich, daß sie mich von der Seite ansah. Diesmal war ich es, der gegen die Windschutzscheibe sprach. »Sondern die menschliche, das, was sein Tod für unser Weiterleben bedeutet, für unser Gewissen, wie wir damit fertig werden.«
»Gewissen! Jeder Mensch hat ein anderes Gewissen. Welches Gewissen ist denn im Recht? Darüber habe ich schon ziemlich viel nachgedacht.«
»Dann will ich mich anders ausdrücken: Nicht die juristische, sondern die religiöse Seite. Wer von Schuld spricht und weiß, wovon er spricht, meint die religiöse Schuld.«
Auch sie blickte jetzt wieder geradeaus. Sie legte die linke Hand vor ihren Mund und blies den Atem durch die Finger. »Nun fangen Sie damit an. Ich habe schon die ganze Zeit darauf gewartet, daß Sie mit irgend so etwas kommen würden. Schuld, juristische Schuld, menschliche Schuld, religiöse Schuld, Schuld und immer wieder Schuld. Ich kann das Wort nicht mehr hören, also ich

kann es einfach nicht mehr hören. Wenn es einem Tag und Nacht vorgehalten wird, dann – kann – man – es – nicht – mehr – hören.« Ihre Hand schlug im Rhythmus des Sprechens gegen das Kinn und fiel dann auf den Sitz. »So.«
»Wer hält es Ihnen denn Tag und Nacht vor?«
»Soll ich Ihnen einmal etwas sagen?« Ihre Stimme bekam einen entschlossenen Klang, einen etwas zu entschlossenen Klang, so, als müsse sie sich selbst den Rücken stärken. »Es gibt überhaupt keine Schuld. Die Menschen denken einfach nicht mutig genug nach, nicht frei genug. Sie bringen einfach nicht den Mut auf, einmal alles beiseite zu schieben, was andere herausgefunden haben, und von vorn anzufangen.«
»Das ist allerdings eine erstaunliche Behauptung.«
»Wenn man erst einmal vor den großen und erhabenen Wörtern keine Angst mehr hat, stößt man auf lauter erstaunliche Dinge.« Sie stützte die Handballen auf den Polstersitz und stemmte sich ein bißchen hoch. »Schuld ist auch so ein erhabenes Wort, so eine erhabene Lüge.«
»Und Sie haben sich nun Ihre freien und mutigen Gedanken über die Schuld gemacht?«
»Das habe ich.« Sie ließ sich auf das Polster zurücksinken. »Ich habe mir zum Beispiel meine Gedanken darüber gemacht, warum es eigentlich verboten sein soll, einen Menschen zu töten. Warum ist überhaupt etwas verboten? Woher nimmt sich jemand das Recht, mir etwas zu verbieten? Sie werden antworten, weil sonst die Menschheit zugrunde ginge. Erstens ist das noch sehr die Frage. Die Tiere gehen ja auch nicht zugrunde. Und denen verbietet niemand etwas. Und zweitens: Warum soll die Menschheit nicht zugrunde gehen? Bitte! Aber keine großen Worte!«
»Ich werde Ihnen etwas anderes antworten.«

»Aber keine erhabene Lüge!«
»Ich werde den Stock am anderen Ende anfassen.«
»Nämlich?«
»Woher nehmen Sie sich das Recht, jemanden zum Tode zu verurteilen?«
»Wer bestreitet es mir?«
»Ich.«
»Bilden Sie sich ein, Sie seien mehr als ich?«
»Ich im Namen eines Andern, der ganz gewiß mehr ist als Sie.«
»Eines Andern? Was meinen... Ach so!« Sie rückte von mir ab und machte eine wegwerfende Handbewegung. »Das gilt nicht. Der Andere hat für mich keine Bedeutung. Nicht die geringste. Auch so ein erhabenes Wort. Groß und erhaben und wunderbar. Aber nichts weiter als eine große und erhabene und wunderbare Lüge. Die Zeiten sind vorbei. Das meinte ich doch gerade, als ich sagte, daß man einmal alles beiseite schieben müsse, was die Menschen sich so ausgedacht haben. Wirklich alles. Auch den da, den Andern.«
»Sie können den Andern beiseite schieben – übrigens, wenn Sie ihn beiseite schieben, dann glauben Sie immerhin, daß es ihn gibt, und außerdem wäre noch zu fragen, ob Sie tatsächlich ihn beiseite schieben oder die Vorstellung, die Sie sich von ihm gemacht haben, also eben nicht ihn, sondern ein Gemächte, einen Götzen – Sie können ihn beiseite schieben, so oder so, aber er schiebt Sie nicht beiseite. Und darauf kommt es an. Und das wissen Sie auch. In der Tiefe Ihres Wesens halten Sie nicht viel von diesen mutigen und freien Gedanken, auf die Sie verfallen sind. Sonst säßen Sie doch nicht hier. Sie sitzen hier, weil Sie unter den erhabenen Lügen, wie Sie es nennen, leiden, ganz unsäglich sogar, und weil Sie sich nach der Wahrheit sehnen. So verzweifelt wie sich nur ein junger Mensch nach der Wahrheit sehen kann.

Aber sie haben gleichzeitig Angst vor ihr. In der Wahrheit ist Ihre Schuld, unsere Schuld enthalten. Diese Schuld, die nur deshalb eine Schuld ist, weil es den Andern gibt. Insofern haben Sie recht: Wenn es den andern nicht gäbe, dann gäbe es auch keine Schuld. Ich kenne jedenfalls niemanden sonst, der, aufs letzte, die Vollmacht hätte, Ihnen etwas zu verbieten. Jeder von Menschen ersonnene Grundsatz, der die Verbote trägt, kann von Menschen in Frage gestellt werden. Und das geschieht ja auch immer wieder. Ja wirklich: warum soll die Menschheit, warum soll die ganze Schöpfung nicht zugrunde gehen? Es ist beim besten Willen nicht einzusehen. Sie haben Angst, Silke, aber Sie sind nicht feige. Wenn Sie nachts wach liegen, dann fragen Sie weiter und immer weiter, mag daraus werden, was will. Feige Menschen tun so etwas nicht, die lassen ihre Gedanken, sobald es gefährlich wird, schnell auf irgendwelche harmlosen Dinge überspringen. Nur wenige, zu denen Sie gehören, bleiben unbeirrbar bei der Sache. Und diese wenigen, ich sage es noch einmal, zu denen Sie gehören, erkennen, daß der Mensch nur vor ihm, vor dem Andern, schuldig ist und vor niemandem sonst.«

Ein Wagen, dessen Scheinwerfer auf und ab schwankten, kam uns entgegen und tauchte uns in eine unangenehme Helligkeit. »Sie reden fast wie ein Pastor«, sagte Silke. »Und darum glaube ich Ihnen keine Silbe. – Warum blendet dieser Idiot denn nicht ab?«

Der Wagen rauschte vorbei. Wir saßen wieder im Dunkeln.

»Natürlich glauben Sie mir keine Silbe. Das habe ich auch nicht erwartet.«

»Dann möchte ich ja doch einmal wissen, warum Sie sich so viel Mühe geben.«

»Wie ein Pastor, sagen Sie? Ein Pastor kennt sich in diesen Dingen ganz anders aus als ich. Natürlich bin ich Ih-

nen in manchem voraus. Sie brauchen gar nicht so ärgerlich zu atmen. Ich bin Ihnen in manchem voraus. Aber in den entscheidenden Fragen... ach Silke! Es könnte ja sein, daß ich nur deshalb so sicher rede, weil ich so unsicher bin. Ich glaube, in dieser Hinsicht unterscheiden wir uns nicht sehr voneinander. Vielleicht habe ich ja selbst einen Zuspruch nötig, vielleicht gelten meine Worte ebensosehr mir wie Ihnen. Und was die Mühe betrifft, so bilde ich mir ein, daß Ihnen der eine und andere Satz eine kleine Hilfe bedeuten könnte, wenn Sie nachts wach liegen und bis ans Ende fragen. Nicht heute und nicht morgen, aber vielleicht übermorgen. Wir sind ja noch lange nicht am Ende. Sie nicht und ich nicht. Wir können doch nicht so weiterleben, als sei nichts geschehen.«
»Ich kann es.«
»Das ist doch nicht wahr, Silke. Das ist doch einfach nicht wahr. Ihr Leben hat sich doch vollständig geändert. Hätten Sie etwa vorher so etwas getan wie das auf dem Karussell und im Stadtgarten? Wissen Sie nicht mehr, was sich in Ihnen abgespielt hat, als Sie die Straße entlanggingen, die vom Jahrmarktsplatz zur Weser führt?«
»Gar nichts hat sich in mir abgespielt.«
»Warum betrügen Sie sich so? Sie sehnen sich nicht nur nach der Wahrheit, sondern auch nach der Sühne. Sie können es eben doch nicht, weiterleben wie zuvor.«
»Über die Sühne habe ich auch nachgedacht. Ich habe über alles nachgedacht, was in Frage kommt. Wenn jemand ein Haus ansteckt und er wird dafür ins Gefängnis geworfen, wieso ist das eine Sühne? Das Haus bleibt abgebrannt, ob der Betreffende in einer Zelle sitzt oder nicht. Und erst, wenn einer einen umgebracht hat. Keine noch so große Sühne kann eine Tat ungetan machen. Sie ist und bleibt getan. Und wenn man sich auf den Kopf stellt. Darin besteht doch gerade das Elend.«

»Und der Täter?«
»Was wollen Sie damit sagen?«
»Man muß doch nicht nur an die Tat, sondern auch an den Täter denken. An ihn besonders. Das Haus ist dahin, und der Umgebrachte ist tot. Aber der Täter lebt. Die Sühne meint den Täter.«
»Das hängt ganz von dem Standpunkt ab, den man einnimmt.«
»Lassen Sie uns einmal meinen Standpunkt einnehmen.«
»Auch dann gibt es keine Sühne. Ein Mörder bleibt ein Mörder. Was man ist, das ist man in alle Ewigkeit. Eisern.«
»Gesetzt den Fall, es käme jemand und sagte: ›Dein Mord ist nicht mehr dein Mord, sondern meiner, ich nehme deinen Mord auf mich mit allen Folgen, die daraus entstehen, und wenn ich dafür hingerichtet werden soll, dann lasse ich mich auch hinrichten, für dich‹, was dann?«
»Erstens kommt keiner, der so etwas sagt. Und zweitens kann das ja auch keiner, meinen Mord zu seinem Mord machen. Sagen wohl, aber nicht tun. Wie sollte das denn vor sich gehen?«
»Das weiß ich nicht. Niemand weiß es. Es ist in einer Tiefe vor sich gegangen, in die kein Wissen hinabreicht. Wenn man es wissen könnte, brauchte man sich nicht so quälen. Aber es ist vor sich gegangen. Es muß vor sich gegangen sein. Bis zur Hinrichtung des andern.«
»Wo denn? Wann denn? Wovon reden Sie eigentlich?«
»Sonst müßten die Menschen verzweifeln. Jeder auf seine Weise. Man sieht es doch. Der eine in der ›Libuscha-Bar‹, der andere im Opernhaus.«
»Ach so. Ach du liebe Zeit! Und ich hatte schon einen Augenblick gehofft, Sie wüßten vielleicht doch noch etwas, worauf ich nicht gekommen bin. Soll das Ihr Ernst sein?«

»Wenn Sie nicht spüren, wie todernst es mir ist, dann brauchen wir nicht weiter miteinander zu reden. Spüren Sie es wirklich nicht?«
»Wir brauchen sowieso nicht weiter miteinander zu reden. Mit Ihrem... Ihrem... mit Ihrem Andern und mit Ihrem ganzen... hach...« Sie faßte sich mit der Hand an die Kehle und bewegte den Kopf hin und her. »Mit dem ganzen Unsinn können Sie zu sonstwem gehen, aber nicht zu mir. Gerede, nichts als Gerede. Ich bin doch nicht aus dem Mustopf.«
»Doch, das sind Sie.« Ich biß die Zähne aufeinander. Am liebsten hätte ich ihr irgend etwas angetan. »Wer sich so benimmt wie Sie, kommt geradewegs aus dem Mustopf.«
»Schön, dann komme ich also aus dem Mustopf. Immer noch besser als aus dem Kindergottesdienst. Und nun setzen Sie gefälligst Ihren Heiligenschein wieder ab, Herr Pastor, und fahren mich in meinen Mustopf zurück!«
»Was heißt das?«
»Zum Vegesacker Markt.«
»Halten Sie mich für wahnsinnig?«
»Ich will nicht mehr. Schluß! Fertig! Aus, aus, aus!« Ihr Fuß stieß gegen die Karosserie, daß sie dröhnte. »Sie sind um keinen Deut besser als die andern. Und wenn Sie mich hierhergebracht haben, gegen meinen Willen, dann gehört es sich auch, daß Sie mich wieder zurückbringen. Ich lasse mir nichts mehr von Ihnen befehlen.«
Ihre kränkenden Worte und ihr Aufbegehren hätten mir sagen sollen, daß ich, wenn überhaupt, dann jetzt, für sie dasein müsse. Statt dessen ließ ich meiner Verärgerung freien Lauf. Sie hatte mir ziemlich zugesetzt. Es war mehr als eine Verärgerung. In meinem hilflosen Helfenwollen hatte ich ihr die heimlichsten und verletzlichsten Gedanken meines Herzens anvertraut. Und das hatte sie Gerede genannt. Das Herz hörte nicht auf zu zucken.

Trotzdem hätte ich nicht schweigend dasitzen dürfen. »Bringen Sie mich nun zurück oder bringen Sie mich nicht zurück?«
Ich sagte nichts.
Da zog sie die Beine an, öffnete die Tür und stieg aus. Ich rührte mich nicht. Zu meiner Verwunderung schlug sie nicht die Richtung nach Vegesack ein, wohin sie doch wollte, sondern ging geradeaus weiter und verschwand in der Einfahrt zu ihrem elterlichen Grundstück. Sie hatte es sich also überlegt. So viel hatte ich immerhin erreicht. Aber was sollte nun werden? Ich konnte mich nicht entschließen, nach Hause zu fahren. Schlaff und hoffnungslos saß ich im Wagen, legte die Hand auf den Sitz neben mir, der noch warm war, und dachte darüber nach, was ich falsch gemacht hatte. Mit einem Male wurden die Bäume gegenüber der Spreckelsenschen Einfahrt von einem zitternden Lichtschein angestrahlt. Im nächsten Augenblick schoß Silke tief über die Lenkstange ihres Rades gebeugt auf die Straße und sauste in voller Fahrt auf mich zu. Ich sprang aus dem Wagen, um sie aufzuhalten. Aber sie trat so rücksichtslos in die Pedale, daß ich ausweichen mußte, wenn ich nicht niedergeworfen werden wollte. Ehe ich mich dann wieder hinter das Lenkrad geschoben, den Motor angelassen und den Wagen gewendet hatte, war sie längst in der Nacht verschwunden. Sie konnte auf dem Königskamp weitergefahren, sie konnte aber auch, was ich für wahrscheinlicher hielt, in eine Seitenstraße eingebogen sein. Denn auf dem Königskamp hatte sie kaum Aussicht, mir zu entkommen. Ich jagte durch die erste, durch die zweite, durch die dritte Querstraße, ohne sie zu erblicken. Vielleicht hatte sie, meinen Gedankengang mitdenkend, sich gesagt, daß ich auf die Querstraßen verfallen werde, und war auf dem Königskamp geblieben. Zunächst wenigstens. Später mochte sie einen Seitenweg gewählt haben.

Allerdings bestand auch noch die Möglichkeit, daß sie sich in einem der dunklen Gartengebüsche versteckt hatte. Wenn ich dann an ihr vorübergerauscht war, brauchte sie nichts mehr zu befürchten. Deshalb durchfuhr ich die drei Straßen noch einmal in entgegengesetzter Richtung. Wiederum ohne Ergebnis. Das beste schien mir zu sein, auf dem kürzesten Weg zum Vegesacker Markt zu fahren. Eine gute Stunde drängte ich mich kreuz und quer durch das geräuschvolle Treiben und ließ meine Augen zwischen den Buden und den kreisenden und schaukelnden Veranstaltungen umherwandern. Wenn sie dagewesen wäre, hätte ich sie finden müssen. Eine so auffällige Gestalt konnte mir nicht entgehen. Aber sie war nicht da. Sie hatte sich anderswohin gewandt.

X

Es wehte und regnete. Links von mir schimmerten die hellen Fensterreihen des Farger Kraftwerks durch die Nacht. Die von Nässe glänzende Straße, die auf einem niedrigen Geestrücken den Lauf der Unterweser begleitete, machte einen Bogen nach rechts. Kleine Häuser in neuzeitlicher Bauart wechselten mit alten, reetgedeckten Bauernhöfen ab. Der dorfartige Vorort, Rekum genannt, war der nördlichste Zipfel von Bremen. Dahinter begann schon die Marsch. Jetzt mußte das Schild bald auftauchen, von dem Torsten gesprochen hatte.
Bei dem Regen war Silke wohl mit dem Bus gefahren. Sonst nahm sie das Rad. Meiner Schätzung nach hatte ich schon an die zwanzig Kilometer zurückgelegt. Hin und her waren es immerhin vierzig Kilometer. Eine beachtliche Strecke für eine Radfahrerin. Aber die Entfernung schien ihr nichts auszumachen. »Ich mußte mich

mächtig anstrengen, wenn ich ihr auf den Fersen bleiben wollte«, hatte Torsten am Telephon gesagt. »Andererseits durfte ich ihr auch nicht zu nahe kommen, damit sie mich nicht bemerkte.« Auf diese Weise hatte er herausgefunden, in welcher Bar sie neuerdings Zuflucht suchte. Da er nicht ahnen konnte, wie es in ihr aussah, belegte er ihre nächtlichen Unternehmungen allerdings mit einem härteren Ausdruck. Ich war ihm von Herzen dankbar für den Spürsinn, den er entwickelt, und für die Mühe, die er auf sich genommen hatte. Ohne ihn wäre ich noch lange im Dunkeln umhergeirrt.
Ihren Zufluchtsort wußte ich also. Das war aber auch alles. Ich hatte mir in jeder Nacht, die seit unserem Gespräch im Wagen vergangen war, den Kopf zermartert, um herauszufinden, wie ich ihr helfen könne. Was fängt man mit einem Menschen an, der sich in seiner Verzweiflung jedem Zuspruch verschließt? Ich hatte alles Mögliche in Erwägung gezogen, war aber bei weiterem Nachdenken immer wieder zu der Überzeugung gelangt, daß ich damit keinen Erfolg haben werde. Auch jetzt auf dem Weg zu ihr war ich noch immer ratlos. Ich würde mich an einen Tisch in ihrer Nähe setzen und sie im Auge behalten. Nein, lieber nicht in ihrer Nähe. Wer wußte, was sie anstellte, wenn sie mich erblickte. Ich würde sie aus irgendeiner Ecke heraus beobachten, ich würde für sie dasein, wenn sie mich brauchte, ich würde... Ja, was würde ich sonst noch tun können? Mir fiel nichts weiter ein. Und selbst das Wenige war noch zweifelhaft. Warum sollte sie mich brauchen? Mich oder irgend jemanden sonst? Sie wollte doch, daß es ihr schlimm erginge. Je schlimmer, desto besser. Eine bedrückende Lage. Da leuchtete links an einer Kreuzung das Schild auf: Zu den Gaststätten ›Monsoon Bar‹ und ›Petroleumlampe‹. Ein roter Pfeil wies in die Richtung der Straße, die zur Weser hinunterführte. Ich folgte der Weisung. ›Mon-

soon Bar‹; das war der Name, den Torsten mir genannt hatte.

Nach kurzer Fahrt sah ich zwischen Bäumen das von Arbeitssonnen erhellte Deck eines Tankers, der an der Ölpier lag. Als ich auf den kleinen Parkplatz vor der ›Monsoon Bar‹ einbog, konnte ich sogar den angestrahlten Namen über der Brücke lesen: ›Savannah River‹. Weiter stromabwärts flimmerten die roten, grünen und weißen Lichter eines Baggers durch die Regennacht. Von den Tankern, die hier festmachten, um ihr Öl in die Bunker der Vereinigten Tanklager und Transportmittel Gesellschaft zu pumpen, lebten die beiden Gaststätten. Die Reise nach Bremen-Stadt war vielen Besatzungsmitgliedern zu umständlich. Was sie suchten, fanden sie ebensogut in der ›Monsoon Bar‹ oder in der ›Petroleumlampe‹.

Gerade glitt eine Taxe heran und hielt vor dem Eingang der Bar. Zwei Frauen, über deren Lebensauffassung keine Unklarheit bestehen konnte, trippelten die Bruchsteinstufen hinauf. »Margot bezahlt«, sagte die eine, als sie die Tür aufzog. Durch den Ledervorhang hinter der Tür drang Geschwätz und Gelächter nach draußen.

Gleich darauf streckte Margot ein Bein aus dem Wagen heraus. »Igitt, was regnet das!«

»Besser Tag und Nacht Regen, als immer so ein nasses Wetter«, meinte der Fahrer. »Fröhlichen Fischfang!« Er wendete und fuhr davon.

Margot blieb vor der überdachten Tür stehen, öffnete den hellen Mantel und zog ihr Kleid zurecht. Dabei warf sie einen abschätzenden Blick auf meinen Wagen. Dann verschwand auch sie in der Bar.

Ich fragte mich, wann ich am unauffälligsten eintreten könnte, jetzt gleich, während sich die Aufmerksamkeit den beiden Frauen zuwandte, oder ein paar Minuten später. Mir lag daran, nicht sofort von Silke gesehen zu

werden. War sie überhaupt da? In einem Winkel meines Herzens wünschte ich, sie möge heute zu Hause geblieben sein oder die ›Libuscha-Bar‹ aufgesucht haben. Aber was wäre damit gewonnen gewesen? Ich hätte nur an einem anderen Abend noch einmal hierherkommen müssen. Die Entscheidung würde hier draußen fallen. Das stand fest. Und wenn sie fallen sollte, dann lieber heute als morgen. Ich stieg aus. Der Regen schlug mir ins Gesicht. Neben der Tür war ein Messingschild angebracht: Besitzer Alfons Fedden.
Hinter mir erklangen Schritte. Ich drehte mich um. Ein Mann in einem wehenden Regenmantel mit einer hellen Sportmütze auf dem Kopf lief auf die Bar zu. Als er die Treppe heraufkam, sah ich, daß er unter dem Mantel, der vorn offenstand, einen zerknitterten Anzug aus dünnem gelblichem Stoff trug. Sein braunes Gesicht war nahezu quadratisch mit einem auffallend niedrigen Dreieck als Kinn darunter. Unsicher lächelnd ging er um mich herum und öffnete die Tür. Ich schloß mich ihm an.
Eine graue Schleierdekoration dämpfte das Licht der roten, grünen und blauen Birnen zu einer verführerischen Dämmerung, an die das Auge sich erst gewöhnen mußte. Ehe ich den Raum noch recht überblickt hatte, wurde ich schon angerufen. Der Barkeeper in einer holzgetäfelten Nische zeigte mit ausgestreckter Hand auf mich, als habe er mich erwartet, und rief mit heiserer Stimme: »Dieser Herr wird's euch sagen, Jungens. Wenn ich den Herrn bitten dürfte, hierher bitte! Macht mal einen Platz frei, Jungens! So.«
Ich war auf alles Mögliche vorbereitet, aber nicht darauf, daß Silke ein Abendkleid aus schwarzem Samt tragen würde, das die Schultern und einen Teil der kleinen Brüste frei ließ. Wenn sie sich bewegte, spielte ein roter Schimmer über das Schwarz. Sie saß auf einem Barhokker und lehnte sich an einen hinter ihr stehenden Mann

vom Ausmaß eines Kleiderschranks. Ein Mädchen und doch kein Mädchen mehr, bekleidet und doch merkwürdig nackt. Viel nackter als damals im Bikini. Der Anblick verwirrte mich so, daß ich der heiseren Einladung ohne weiteres nachkam. Ich überquerte, während die Gespräche an den Tischen verstummten und alle Augen sich auf mich richteten, die runde Tanzfläche und stellte mich an die Bar, vor der schon ein Dutzend Männer standen, Weiße und Farbige. Silke war die einzige Frau unter ihnen. Da sie mich nicht beachtete, begrüßte ich sie nicht. Allmählich kam ich wieder zu mir. Was der Keeper allerdings, der mit seinem runden Gesicht und den wenigen blonden Haaren nicht eben keepermäßig aussah, von mir wollte, begriff ich noch immer nicht. Es war übrigens, wie ich bald merkte, Herr Fedden selbst.

Auf dem Bartisch stand zwischen allerlei Gläsern ein eleganter Damenschuh mit schlankem Absatz. Silkes Schuh.

»Die Jungens verlangen von mir«, krächzte Herr Fedden, »daß ich einen Tiger hineingieße.« Er schob den Schuh zu mir her. »Aus allen Flaschen hier. Ich bitte um Ihr Urteil, mein Herr. Frei von der Leber weg.«

»Einen drei Meter langen, gestreiften Dschungeltiger«, sagte der Schrank in einem etwas mühsamen Tonfall. Sein Kinn liebkoste Silkes Kopf.

»Ruhig Jungens! Das Wort dieses Herrn soll gelten. Ich unterwerfe mich seinem Urteil. Ein Experte. Sehe ich auf den ersten Blick. Was kann ich außerdem für Sie tun?«

»Geben Sie mir bitte einen Whisky pur.«

Herr Fedden schlug seine rechte Faust in den linken Handteller: »Als ob ich es nicht gewußt hätte! Pur, that's all right, Sir. Ich kenne doch die Welt. Bin zehn Jahre beim Lloyd als Koch gefahren. Und immer auf Musik-

schiffen. First rate. Sie können haben: Scotch, Canadian, Bourbon.«
»Scotch«, sagte ich.
»Natürlich Scotch. Scotch straight. – Was ist los?«
Die unscheinbare Frau, die neben ihm die Bestellungen der platinblonden Serviererin entgegennahm und ausführte, hatte ihn etwas gefragt. Er antwortete ihr, schenkte ein und redete weiter: »Die Sache ist schon gelaufen, Jungens. Der Herr trinkt Whisky pur, da ist die Sache schon gelaufen. Für meine Persönlichkeit wenigstens. Ich kenne doch die Welt. – Cheerio, mein Herr! Zur Gesundheit!«
»Was hilft einem Mann die ganze Welt«, lachte der Kleiderschrank, »wenn seine Frau Witwe ist. Du mit deiner ganzen Welt! Mix uns den Tiger, Don Alfonso!« Er war auf eine gutmütige Weise betrunken.
Ich sagte »Zum Wohl!« und hob mein Glas erst Herrn Fedden und dann der übrigen Gesellschaft entgegen. Einige faßten nach ihren Gläsern und murmelten etwas vor sich hin. Silkes himbeerroter Mund blies die Haare, die über ihr Gesicht hingen, zur Seite. Ihre Augen waren geschlossen. Ihr Glas blieb als einziges stehen.
»Jetzt kommt die Frage«, sagte Herr Fedden. »Was für ein Getränk gehört in einen solchen Schuh? Ein Tiger oder...?«
Der Schrank beugte sich über Silke vor und schob ihn zur Seite: »Mußt nicht so viel reden, Alfonso. Die Sache ist die, daß uns für diese Lady das Beste gerade gut genug ist, wenn ich mich mal so ausdrücken soll. Gerade das Beste. Spreche ich verständlich?«
»Aber das Beste...« versuchte Herr Fedden ihn zu unterbrechen.
Der Schrank ließ sich jedoch nicht beirren: »Aus jeder Giftflasche einen Schuß in diesen Schuh. Aus jeder Giftflasche. A tiger, wie der Engländer sagt. Ich spreche so,

daß jeder meine Worte verstehen kann.« Er wandte sich an mich: »Oder nicht?«

»Wort für Wort«, sagte ich.

»Siehst du, Don Alfonso, dieser junge Mann versteht mich Wort für Wort. Hat sich einen Schlips umgebunden und alles und versteht mich Wort für Wort. Du kannst mittrinken, junger Mann. Aus dem Schuh. Oder erstmal gleich: Was willst du haben? Mein Gast. Franz Quantes Gast, wenn ich mich mal so ausdrücken soll. Was willst du haben, junger Mann?«

Der Himmel mochte wissen, warum er mich »junger Mann« nannte. Meiner Schätzung nach zählte er vier oder fünf Jahre weniger als ich. Ich zeigte auf mein Glas, das noch halb voll war, fügte aber gleich hinzu, die Nacht sei ja noch lang.

»Richtig«, sagte der Schrank mit erhobenem Zeigefinger, als verkünde er eine große Neuigkeit. »Sehr richtig. Bis an den Morgen.«

Herr Fedden nahm die Schultern zurück und streckte den Bauch vor: »Das Meiste ist nicht das Beste, Bootsmann. Darum haben wir keine Verständigung. Du sagst, das Meiste ist das Beste. Und ich sage, das Beste ist das Beste. So. Und jetzt soll der Herr sein Wort in die Waage werfen. Was für ein Getränk gehört Ihrer freien Meinung zufolge in den Schuh, den Sie hier vor sich sehen? Freie Meinung für jedermann.«

»Champagner«, sagte ich.

Mit ausgebreiteten Armen und verklärtem Gesicht ging Herr Fedden an der Reihe seiner Gäste entlang: »Mein Reden.« Seine Stimme stieg an und wurde zu einer Art von fistelndem Gesang: »Mein Reden. Schampanjer, Sekt! Mein Reden!« Dann sank sie wieder ab: »Klarer Fall, klarer Schiedsspruch. Alles weitere überflüssig.«

»Wollen mal die Lady fragen«, sagte der Schrank über

Silke hinweg. Er legte sein Kinn wieder auf ihren Kopf und bewegte es hin und her. »Wünscht die Lady, daß wir einen Tiger aus dem Schuh trinken, einen drei Meter langen, weiß und rot gestreiften Dschungeltiger, oder Sekt?«
Silke antwortete nicht.
»Sag mal was, Lady!« Das Kinn unterstützte die Frage mit kleinen Stößen auf Silkes Haar. »Tiger oder Sekt?«
Sie zog die Luft hörbar ein, wölbte die Lippen vor und atmete aus: »Sekt.« Auch sie war betrunken.
»Also los!« sagte der Schrank. »Und für die Lady ein Glas. Come on!«
Während Herr Fedden eine Flasche Pommery öffnete und den Inhalt in den Schuh schäumen ließ, begann die Musikbox zu dröhnen. Sofort füllte sich die Tanzfläche mit Paaren. Eins der Mädchen brachte seine Beine besonders wirkungsvoll zur Geltung. Wenn ich nicht irrte, war es Margot.
Es schien nicht ganz einfach zu sein, mit einem Trinkschuh umzugehen. Als der Schrank ihn erhob, um mit Silke anzustoßen, schwappte der Sekt über und floß in seinen Ärmel. Und mit dem Schlürfen erging es ihm nicht besser. »Süßes Labberzeug«, sagte er beim Zurückreichen des Schuhs. »Da muß ein toter Friseur durchgeschwommen sein, wenn ich mich mal so ausdrücken soll. Wäre eine Strafe, es geschenkt zu kriegen. – Und jetzt der junge Mann.«
»Bitte nicht so voll«, sagte ich zu Herrn Fedden. »Danke!« Dann hielt ich den Schuh in der Hand. Silkes Schuh. Ich brachte ihn in die Nähe ihres Glases, wobei ich mich bemühte, nichts zu verschütten, und verbeugte mich. Ihre Augen sahen mich gleichgültig an. Ebenso gleichgültig war die Bewegung, mit der sie versuchte, mir ihren Sekt ins Gesicht zu schütten. Sie traf aber nur den Arm, den ich erhoben hatte. Ich leerte den Schuh, als sei nichts

geschehen, verbeugte mich abermals und gab ihn Herrn Fedden zurück.
»Müssen sich nichts bei denken«, sagte der Schrank. »Ladies sind nun mal so.« Er wischte mit seinem Ärmel an mir herum.
»Ich betrachte es als eine Auszeichnung«, sagte ich. Etwas Besseres fiel mir nicht ein. Und genaugenommen war es ja auch eine Auszeichnung. »Danke, es genügt schon.« Was wir im Wagen miteinander gesprochen hatten, wirkte fort in ihr. Die gar zu gespielte Gleichgültigkeit sollte etwas verbergen. Vor mir, vor niemandem sonst.
Herr Fedden schwenkte die Flasche, goß ein und redete dahin und dorthin. Einer nach dem andern trank Silke zu. Sie stieß mit allen an. Eine zweite Flasche wurde geöffnet und eine dritte. Der Schuh war ein richtiger Schuh und nicht eins von diesen sandalenartigen Gebilden. Wenn Herr Fedden ihn viermal gefüllt hatte, mußte er nach einer neuen Flasche greifen.
Aus der Musikbox klang es in meinen Ohren, als schüttele jemand silberne Löffel in einer Schachtel und weine dazu. Die Tanzenden schwangen die Beine vor und zurück, rissen sich an Händen und Armen und lachten.
Erst jetzt bemerkte ich an der Schmalseite der Theke den Mann, der vorhin, als ich vor der Tür stand, mit diesem verlegenen Lächeln an mir vorbeigeglitten war. Er hatte die Arme dicht nebeneinander aufgestützt und das Kinn in die Schale gelegt, die von seinen beiden Händen gebildet wurde. So starrte er in angstvoller Verzückung auf Silke. Er schien zu befürchten, die Erscheinung, die ihn so überwältigte, könne sich im nächsten Augenblick verflüchtigen. Die hohlen Backen und die halb entblößten Zähne verstärkten den Ausdruck der Angst noch. Einmal warf er einen kurzen Blick auf den Schuh, der sich ihm näherte, verlor sich dann aber gleich wieder an Sil-

kes Gesicht wie ein Beter, der nichts mehr von sich weiß. Ich nannte ihn den »Bolivianer«, aufs Geratewohl, wie man Menschen, die einem begegnen, sozusagen für den eigenen Gebrauch mit irgendeinem Namen belegt. Daß er aus Südamerika stammte, schien mir aber ziemlich sicher zu sein.

Als er mit dem Trinken an der Reihe war, mußte Herr Fedden ihn erst ein paarmal anstoßen, ehe er um sich blickte und nach dem Schuh faßte. Aber da richtete sich der Schrank zu seiner ganzen Größe auf: »Was will Elias denn hier? Mach die Fliege, Mensch! Hau ab!« Er wischte mit der Hand über die Theke.

Auf dem Gesicht des Bolivianers zeigte sich das Lächeln, das ich schon kannte. Er rührte sich nicht. Vorsichtig nahm ihm Herr Fedden den Schuh aus der Hand und stellte ihn neben sich.

»Du hast wohl einen Knick im Gehör«, rief der Schrank. »Hier säuft das Deck. Maschine abhauen! Alle Maschinenscheiche abhauen!«

Aber der Bolivianer, oder was für ein Landsmann er nun sein mochte, rührte sich noch immer nicht. Er hatte sich gleichfalls aufgerichtet und hielt sich an der Barstange fest. Vergebens bemühte sich sein Nebenmann, ein grauhaariger Neger, ihn wegzudrängen.

Mit angehobenen Schultern und nach vorn gedrückten Ellbogen ging der Schrank auf ihn zu: »Wen, glaubst du, hast du vor dir, mein Junge!« Im nächsten Augenblick flog der Bolivianer mit dem Rücken voran unter die Tanzenden, riß im Rutschen zwei Paare mit sich und krachte gegen einen Tisch. Ich erwartete, daß jetzt die übliche Schlägerei zwischen Matrosen und Maschinisten losbrechen werde. Aber niemand kam dem Gestürzten zu Hilfe. Man schob ihn beiseite und fuhr fort zu tanzen. Offenbar machte man hier von solchen Zwischenfällen weiter kein Aufhebens. Es dauerte denn auch nicht lan-

ge, da zog sich der Bolivianer an einem Stuhl hoch und setzte sich. Die Hände fühlten an seinem Körper herum. Er will feststellen, ob er sich etwas gebrochen hat, dachte ich. Herr Fedden wußte es jedoch besser. »Geh hin«, sagte er zu der unscheinbaren Frau, »und luchs ihm das Messer ab! Sonst gibt's hier noch Ärger.«
Und wegen diesem Elias, fügte der Schrank hinzu, könne sie einen Gin mitnehmen, sogar einen doppelten, mit hochachtungsvoller Begrüßung von Franz Quante, wenn er sich mal so ausdrücken solle.
Die Frau stellte das Ginglas vor den Bolivianer auf den Tisch und wischte ihm, während sie mit ihm redete, das Blut ab, das von seinem Ohr über den Hals lief. Dann strich sie die schlotterige Jacke glatt, rückte die Gürtelschnalle zur Mitte und klopfte den Staub von den Hosenbeinen ab.
»Er hat nichts bei sich«, sagte sie, als sie zurückkam. Herr Fedden wollte es ihm auch geraten haben. Manche Leute brauchten nur zur Tür hereinzukommen, dann gehe es schon los mit dem Ärger. Der da drüben gehöre auch dazu.
»Er hat nichts bei sich«, wiederholte die Frau.
Neben der Musikbox stand ein alter Mann mit einer Stummelpfeife im Mund. Als ich an das magisch erleuchtete Gehäuse aus Chrom und Plexiglas herantrat, nickte er mir zu wie einem alten Bekannten und hob, weiternickend, die Rechte mit einer fahrigen Bewegung an seine Augenbraue. Ich nickte ihm gleichfalls zu und beugte mich gegen die vielkantige Walze vor, auf der in mehreren Reihen die Titel der zur Verfügung stehenden Schallplatten in Schreibmaschinenschrift verzeichnet waren. Der Alte zeigte lallend auf den Schlitz für den Geldeinwurf. Ich steckte zwanzig Pfennige hinein und drückte auf der Doppeltastatur am Fuß der vorderen Scheibe das B und die 5. Sogleich erklang der Blues ›Chattanoo-

ga Moon‹, den ich gemeint hatte. Mit einer zärtlichen Neigung brachte der Alte sein Gesicht in die Nähe der Melodie und begleitete sie mit seinem Lallen. Während die Platte lief, studierte ich die englischen Hinweise, die da und dort angebracht waren. Wenn ich auch nicht aus allen klug wurde, so verstand ich doch so viel, daß man für zwanzig Pfennige eine, für ein Fünfzigpfennigstück drei und für ein Markstück sechs Platten hintereinander in Gang setzen konnte.

Der Blues verwehte. Ich warf eine Mark in den Schlitz und wählte sechs Tänze aus, deren Namen etwas Langsames versprachen: ›Chattanooga Moon‹ ein zweites Mal, ferner ›Midnight Wind‹ und ›Old mighty River‹. Die andern habe ich vergessen. Dann kehrte ich an die Theke zurück und fragte den Schrank mit einer angedeuteten Verbeugung, ob er mir erlaube, mit seiner Dame zu tanzen. Er sah mich halb verwundert, halb mißtrauisch an, als wisse er nicht recht, ob ich es ernst meine mit meiner Förmlichkeit oder ob ich ihn zum besten haben wolle, gab dann aber, da ich seinem Blick standhielt, mit einer großmütigen Geste seine Zustimmung. Mehr noch: Er faßte Silke bei den Schultern, drehte sie herum und schob sie mir entgegen. Meine Befürchtung, sie werde sich mir unter irgendeinem Vorwand entziehen, erwies sich als grundlos. Der Schrank befahl, und sie gehorchte. Ehe sie meinen Arm nahm, zog sie ihren zweiten Schuh aus und stellte ihn auf den Tisch: »Für den Tiger.« Sie trug keine Strümpfe. Ihre Stimme war belegt.

Der Tiger sei meine Sache, sagte ich zu Herrn Fedden und führte Silke davon. Hinter uns bestand der Schrank darauf, der Tiger müsse mit Worcestershire Sauce, Ketchup, Pfeffer und Paprika »gehottet« werden. Das mochten sie halten, wie sie wollten.

›Chattanooga Moon‹ schien nicht beliebt zu sein. Außer uns waren nur noch vier Paare mit schleifenden Schritten

auf der Tanzfläche, darunter Margot mit einem zierlichen Mischling, an dessen linkem Ohrläppchen ein kleiner Goldschmuck glänzte.
Zuerst lag Silke so schwer in meinem Arm, daß ich allen Ernstes glaubte, sie schlafe. Ihre Augen waren wieder geschlossen, ihr Kopf sank zur Seite, und ihre Füße schleppten sich hinter dem Takt her. Von ihren entblößten Schultern, die ein ganz klein wenig feucht waren, und von dem ungeordneten Haar stieg ein dunkler, fraulicher Duft auf. Nur eine Sekunde den Mund auf diese Haut legen, nur eine Sekunde! Wahrscheinlich würde Silke es nicht einmal merken. Aber wenn sie es merkte, konnte alles aus sein. Ich nahm sie noch ein wenig näher an mich heran und trug sie, gleitend und langsam mich drehend, durch die Figuren des Tanzes. Meine Hand spürte ihren schmiegsamen Körper, ich betrachtete ihr Gesicht, das sich der Müdigkeit überließ, die gramvolle Stelle zwischen den Brauen, die leicht geschwollenen Lippen, die sich einen Augenblick aufeinanderlegten und sich dann wieder öffneten, das aufsässige Kinn.
Als die Trompete zum dritten Male die sinkende Passage aufnahm, deren Schwermut das Kennzeichen dieses Tanzes war, beugte ich mich über Silke und fragte sie, ob sie mich höre. Sie antwortete nicht und gab auch sonst durch nichts zu erkennen, daß meine Worte zu ihr gedrungen seien. Aber sie schlief nicht. Ich merkte es daran, daß sie anfing, sich hinzugeben. Nicht mir, sondern den Rhythmen des Blues, die über uns verfügten. Sie wurde leichter, ihre Bewegungen näherten sich den meinen, ich brauchte sie nicht mehr zu tragen, wir waren ein tanzendes Paar.
»Warum kann es nicht immer so zwischen uns sein«, sagte ich leise zu ihr, »so selbstverständlich, ohne alle Fragen und Quälereien? Ich habe bis zu dieser Stunde nicht gewußt, daß ein Tanz etwas so Wunderbares ist.

Wir hören die Melodie, sie hat die Macht, wir überlassen ihr unseren Körper und unsere Seele. Fühlen Sie, wie gut es tut, die Eigenwilligkeit in einen anderen Willen hineinzugeben, das Geheimnis zu verehren, zu gehorchen und im Gehorchen so merkwürdig frei zu werden? Wir gehorchen der Trompete und gleiten dennoch in einer seligen Freiheit dahin. Das ist etwas Merkwürdiges. Ich habe mich neulich nicht richtig ausgedrückt, als wir in meinem Wagen saßen. Wahrscheinlich drücke ich mich auch jetzt nicht richtig aus. Das schadet nichts. Ich meine etwas Ähnliches wie diese Trompete und diesen Gehorsam und dies Erbarmen. In der Musik ist ein großes Erbarmen. Auch das habe ich nicht gewußt. Aber es verhält sich so. – Hören Sie eigentlich, was ich sage? Silke?«
In ihrem Gesicht war eine kaum merkliche Veränderung vorgegangen. Sie schien darauf zu warten, daß ich weiterspräche. Ich fragte etwas lauter: »Hören Sie mich?«
Sie schluckte und atmete einige Male und flüsterte dann wie unter einem dichten Schleier:
»Ganz... weit... weg...«
Die Trompete erhob sich, hielt den hohen Ton eine Weile und verstummte. ›Chattanooga Moon‹ war zu Ende.
Wir standen vor dem Tisch, an dem der Bolivianer saß. Er hatte seinen Stuhl zur Tanzfläche gedreht und starrte Silke noch verzehrender an als zuvor. Alles an ihm verzehrte sich, die Augen, der Mund, die Hände, die Brust. Neben ihm saß ein Mädchen und aß. Sie zeigte mit dem Messer auf ihn, lachte mich an und machte eine abfällige Gebärde.
Unter behutsamem Wiegen im Takt des verklungenen ›Chattanooga Moon‹ entfernte ich Silke mehr und mehr von diesem Tisch. Der Schrank prostete mit dem Schuh zu uns herüber. Ich nickte ihm zu. Da setzte die Musik wieder ein. Ich hatte recht, auch ›Midnight Wind‹ war

ein Blues. Über einem tiefen, gleichbleibenden Gitarrengewoge, in das eine Mandoline glimmernde Glassplitter warf, deutete eine Mundharmonika mit zerrissenen Stößen eine Melodie an, die sich aber alsbald im Vagen verlor. Eine samtene Stimme wiederholte, von einer höheren begleitet, die Melodie. Ich verstand die Worte nicht, die sie sangen. Dann stiegen die Mundharmonikastöße abermals aus der Nacht empor und übertönten die beiden Stimmen, die eine Weile summten, bis die Harmonika ermattete und die Stimmen von neuem die Führung übernahmen. So ging es fort.
Silkes Bewegungen hatten etwas Nachtwandlerisches. Sie hielt ihre Augen noch immer geschlossen, wenn auch nur ganz leicht. Sonst wäre es mir wohl nicht möglich gewesen, so mit ihr zu sprechen, wie ich es tat. Immerhin ließ ich fast die Hälfte der Tanzzeit verstreichen, ehe ich das Gesicht, das sich mir wie im Traum darbot, wieder anredete:
»Sich der Musik anvertrauen«, sagte ich mit halber Stimme, »das ist es. Aber auch dem Menschen, ich mich Ihnen und Sie sich mir, das auch. Wir halten uns, wir tragen uns, wir ertragen uns, weil wir Vertrauen zueinander haben. Hätten wir das nicht, dann käme kein Tanz zustande. Das Fremde fügt sich dem Fremden. Und so wird es ein Glück. Widerstrebende können nicht miteinander tanzen. Es ist ein Mitnehmen und Sichmitnehmenlassen. Ich bin froh, Silke, daß ich mit Ihnen tanzen darf. Ich habe Sie lieb. Das wissen Sie doch. Bitte denken Sie nicht, ich sei betrunken. Ich möchte, daß wir uns immer mitnehmen in diesem doppelten Vertrauen. So wie jetzt. Immer. Sie und ich, wir beide. Bitte sagen Sie nichts. Ich will auch nichts mehr sagen. Schweigend miteinander tanzen, das ist das Schönste. Und wenn... Nicht, Silke! Bitte nicht!«
Schon bei meinen letzten Sätzen hatte ich gefühlt, daß ihr

Körper seine Weichheit verlor und sich von mir zu lösen trachtete. Und jetzt wand sie sich förmlich in meinen Armen. Ihre Augen, die sich geöffnet hatten, sahen mich finster und gequält an. Ich faßte fester zu, aber sie stemmte sich gegen meine Brust und bog sich von mir weg. Wenn ich den Gästen kein Schauspiel bieten wollte, mußte ich sie loslassen. Sie trat einen Schritt zurück und stand mit vorgestrecktem Kopf und abwehrenden Händen da. Sie sprach einen Wirrwarr von verschreckten Worten vor sich hin.
Da brach der Blues ab.
Als ich mich nicht von der Stelle rührte, drehte sie sich um und ging auf die Theke zu. Aber ehe sie dort ankam, schaltete die Musikbox die dritte Platte ein. Diesmal hatte ich mich geirrt. ›Old mighty River‹ war kein Blues, sondern einer von den hastigen Tänzen, deren Bezeichnungen mir nicht geläufig sind. Zuerst rasselte es nur in stampfenden Rhythmen, dann kam eine Trommel dazu, dann ein verwehter Chor im Hintergrund, und schließlich haspelte eine Gitarre mit deutlichem Gezupfe eine hin und her springende Melodie herunter.
Silke horchte auf, machte noch einmal kehrt und bahnte sich durch das Geschwinge und Gekreise auf der Tanzfläche einen Weg nach dem Tisch des Bolivianers. Seine leidenschaftlichen Augen, die sie während der ganzen Zeit nicht losgelassen hatten, zuckten vor Erregung. Er sprang auf und bot ihr seinen Stuhl an, obwohl die anderen Plätze unbesetzt waren, wenigstens im Augenblick. Aber sie schüttelte den Kopf und zeigte auf sich und dann auf ihn und wiederum auf sich und auf ihn. In seiner Begierde, sie zu verstehen, wandte er ihr unter beständigem Reden und Fragen seine flatternden Handflächen zu. Sie stützte sich auf seine Schulter und stieg auf den Stuhl und vom Stuhl auf den Tisch. Zum dritten Male zeigte sie auf sich und auf ihn. Und jetzt schien er

zu begreifen, was sie beabsichtigte. Er legte den Oberkörper zurück, streckte ihr die Hände entgegen und lachte wie ein Irrer. Sie begann. Es sollte sicher eine aufreizende Schaustellung werden. Man merkte ihr an, daß es ihr erster Versuch war. Aber nach einigen Verschiebungen der Hüften, wie schlechte Filmschauspielerinnen sie vollführen, wenn sie Lasterhaftes darstellen wollen, nach ein paar Drehungen und Beinschwüngen gegen den Bolivianer hin, wobei sie den Rock übers Knie heraufzog, war sie schon am Ende ihrer Kunst. Sie begnügte sich damit, die gleichen Schritte zu machen wie die Mädchen auf der Tanzfläche. Eine ziemlich armselige Darbietung. Für den Bolivianer bedeutete sie jedoch ein Wunder über allen Wundern. Sie galt ja ihm, ihm ganz allein. Er schlug die Hände zusammen, entblößte seine Zähne und ließ seinen Kopf von links nach rechts und von rechts nach links fallen. Und als die Rasseln aufschwirrten und der Chor anschwoll, streifte er seine Jacke ab und breitete sie unter Silkes Füße. Dann klatschte und lachte und redete er weiter. Auf dem losen Stoff wurden ihre Schritte unsicher. Sie rutschte und kam aus dem Takt. Aber sie gab nicht auf. Während ich noch überlegte, ob ich nicht zu ihr hingehen und sie unter irgendeinem Vorwand vom Tisch herunterlocken sollte, begegneten sich unsere Augen. Sie muß das Mitleid erkannt haben, das mich erfüllte. Erkannt haben und wieder nicht erkannt haben. Es war ja nicht das demütigende, sondern das liebende Mitleid, das sich eins weiß mit dem andern, das Miterleiden. Aber das erkannte sie nicht. In ihrem Blick glomm etwas von dem Irrsal eines Tieres auf, das sich umstellt sieht und keinen Ausweg mehr weiß. Ihr Mund fauchte gegen die Haare, die ihr Gesicht bedeckten, ihre Stirn senkte sich, ihre Hände faßten unter den Achseln nach hinten und rissen mit einer wilden Anstrengung das Kleid auseinander. Vernichtung, nichts als Vernichtung.

Unwiderruflich. Es hörte sich an, als schrie der Samt auf. Vielleicht schrie auch irgendwo eine Frauenstimme mit. Dann stieg sie nackt und braun aus dem Samt heraus, der zu ihren Füßen lag, und fegte ihn mit einem Tritt vom Tisch herunter. Außer einem Schlüpferchen aus durchsichtigen Spitzen trug sie nichts mehr auf dem Leibe. Sie hatte ihr Leben zerrissen, ihr Herz, sich selbst. Es gab kein Zurück mehr für sie.
Ich war mit drei Sätzen bei ihr: »Kommen Sie herunter, Silke! Sofort!«
Sie stieß mich zurück. Gleichzeitig umklammerte der Bolivianer mich von hinten und schleuderte mich mit einer Drehung seines Körpers gegen einen Stuhl, der mich zu Fall brachte. Über mir erhob sich ein Gejohle und Gelächter. Die Gäste, die sich gegenseitig nach Silkes Tisch hinschupsten, traten auf meine Hände. Ich hatte Mühe, wieder hochzukommen. Der Schrank saß auf einem Barhocker und lachte aus vollem Halse.
Die rechte Schulter und den Ellbogen vorstemmend zerkeilte ich das Gewühl, bis ich den Tisch wieder erreicht hatte. Silke wehrte sich mit Fußstößen gegen mich, und die Umstehenden halfen ihr, indem sie mich zurückzerrten. Neues Gelächter. Ich wurde zornig. Aber je mehr ich mich erregte, um so weniger gelang es mir, an Silke heranzukommen. Die heiße Dumpfheit in meiner Brust verwandelte sich in Wut. Der Bolivianer bekam es als erster zu spüren. Als er mich wieder von hinten umschlang, brach ich seine Arme los und schlug ihn, herumfahrend, mit der Faust zwischen die Augen, daß er hintenübertaumelte. »Verdammter Dummkopf!« Dann versuchte ich, auf den Tisch zu klettern. Die Sache sollte ein Ende haben, so oder so. Sowie ich jedoch ein Bein hob, wurde mir das andere weggezogen. Gut, dann mußte ich eben den Tisch umkippen. So oder so. Ich schob meine Arme unter die Tischplatte, um sie mit ei-

nem Ruck hochzuwuchten. Da schrie Silke entsetzt auf und sprang, immer noch schreiend, über mich hinweg in die Tiefe. Es war mehr ein Sturz als ein Sprung. Ihre Füße streiften meinen Kopf. Ich warf mich herum und über sie, um sie nicht entkommen zu lassen. Aber sie sank stöhnend und schlürfend an mir herunter, krümmte sich am Boden und drückte ihre Hand gegen den Leib.
Zwischen den Fingern sickerte Blut hervor. Sie war direkt in den Messerstich des Bolivianers hineingesprungen, der meinem Rücken gegolten hatte. Die Wunde befand sich auf der linken Seite dicht unter dem Rippenbogen.
Mit lautem Geheul stürzte der Bolivianer neben Silke auf die Knie und küßte die Luft über ihrer Hand. Wie sich später herausstellte, hatte er die Klinge des Tischmessers in eine Dielenritze gesteckt und schräg abgebrochen. Dadurch war sie zu einer grausigen Waffe geworden. Ich drängte ihn zurück. Aber er rutschte wieder heran.
»Schafft den Mann weg«, sagte ich aufblickend. »Herr Quante, bitte!«
Der Schrank schleifte den immer lauter Heulenden in eine Ecke.
»Ein Handtuch! Eine Decke! Schnell, bitte! Und einen Arzt rufen! Bitte schnell!«
»Arzt tut nicht nötig«, sagte Herr Fedden. »Der Unfallwagen ist schneller da als der Arzt. Bis der in seine Klamotten gestiegen ist, liegt die Deern schon längst im Blumenthaler Krankenhaus.«
»Rufen Sie trotzdem einen Arzt an!«
»Wie Sie wollen. – Was habe ich gesagt? Der Kerl bringt mir Ärger ins Haus, habe ich gesagt. Und so ist es auch gekommen. Kann gar nicht sagen, wie ich mich auf die Polizei freue.«
»Telephonieren Sie doch endlich!«
»Ist schon geschehen«, sagte die unscheinbare Frau.

Silke war bewußtlos. Ihr Gesicht sah fahl und verfallen aus. Auf Stirn und Oberlippe standen Schweißperlen. Vorsichtig hob ich die Hand von der Wunde ab. Sie blutete nicht mehr, wenigstens nicht nach außen. Welche Organe lagen in dieser Gegend? Die Milz und wohl auch der Magen. Aber ich war meiner Sache nicht sicher. Warum hatte sie das getan? Für mich? Mein Gott, für mich!
Jemand schlug vor, Silke in ein anderes Zimmer zu schaffen.
»Nein, so wenig wie möglich bewegen.«
Ich überlegte, soweit ich überhaupt einer wirklichen Überlegung fähig war, ob es besser sei, auf den Unfallwagen zu warten, der sie schonend transportierte, oder sie sofort in meinem verhältnismäßig engen Wagen ins Krankenhaus zu bringen, wodurch zwar Zeit gewonnen, aber auch die Gefahr stärkerer Blutung erhöht würde. Schließlich entschied ich mich für den Unfallwagen.
Es kam auch darauf an, in welcher Richtung der Stich geführt worden war. Wenn der Bolivianer von unten nach oben gestoßen hatte, was ich annahm, dann konnte die Lunge und womöglich das Herz getroffen sein. Für mich. Aber er hatte doch kein Messer bei sich gehabt. Ach, das war alles gleich, wenn Silke nur nicht starb. Für mich.
Margot legte ein rot und weiß kariertes Handtuch auf die Wunde. Die unscheinbare Frau hielt eine Wolldecke bereit.
»Leute«, sagte Margot beim Zudecken, »ihr habt ein Gemüt wie ein Schlachterhund. Tut mir den einzigen Gefallen und steht hier nicht so herum! Es gibt nichts mehr zu sehen.«
Unter Gemurmel und Gebrumm lichtete sich der Kreis.
»Der Kerl brauchte bloß zur Tür hereinzukommen«,

sagte Herr Fedden, »da wußte ich schon, daß er Ärger ins Haus bringen würde mit Polizei und allem. Aber ich habe nichts gesehen. Tut mir leid, meine Herren. Konnte ich ja auch gar nicht von der Bar aus. Tut mir leid.«
»Wenn wir nun ihren Kopf ein bißchen anhöben«, sagte Margot, »daß sie es bequemer hat. Oh, was ist das?«
Aus Silkes Mund quoll blutiger Schaum. Nicht viel. Ich holte mein Taschentuch hervor und tupfte ihn weg. Dann kam mehr. Das Taschentuch reichte nicht aus.
»Ich gehe schon«, sagte Margot.
Meine Finger suchten Silkes Puls, konnten ihn aber nicht finden. Da nicht und da nicht und da auch nicht. Der Atem stockte mir. Aber dann spürte ich ein dünnes, schnelles Fließen. Ich brachte meinen Mund an ihr Ohr und fragte sie, ob sie mich höre. – Keine Antwort. – »Sil-ke?« – Nichts. – »Sil-ke?« Mit einem Male sah ich, daß ihre Augen offenstanden, ganz groß sogar. Schnell richtete ich mich auf und beugte mich über sie. Sie wollten etwas, es zitterte eine Frage in ihnen, aber ich begriff nicht, was sie meinten.
Margot kam mit dem zweiten Handtuch und mit einem Sofakissen. Ich wehrte ab: »Einen Augenblick.«
Wenn ich nur gewußt hätte, was die Augen wollten. »Es wird alles wieder gut«, sagte ich zu ihnen. Nein, das war es nicht, sie verlangten nach etwas anderem. Ich sah es.
»Hast du Schmerzen? Sollen wir ein Kissen unter deinen Kopf schieben?«
Da stieß sie ein paar verhauchte Silben hervor: »Richtig... gemach... ich...?« Wieder quoll roter Schaum aus ihrem Mund. Die fragenden Augen kümmerten sich nicht darum.
Margot wischte erst das Blut weg und dann mit einer anderen Stelle des Handtuchs den Schweiß.
»Ja«, sagte ich langsam und mit deutlichen Nickbewegungen zu dem Zitternden in ihren Augen, »du hast es

richtig gemacht. – Schrecklich richtig. – So richtig, wie Menschen es überhaupt machen können. – Ich danke dir.«

Das war es. Die Augen schlossen sich. Natürlich hätte ich ihr noch etwas Besseres sagen müssen. Etwas für Zeit und Ewigkeit. Aber ich glaubte, dies sei das Wichtigste. Ich sah die Augen und den Schweiß auf der Stirn, und da sagte ich, sie habe es richtig gemacht.

»Was bedeutet der Schaum?« fragte Margot.

»Daß der Stich in die Lunge gegangen ist.«

»Ist das schlimm?«

Ich stand auf und sagte, daß ich versuchen wolle, den Arzt zu erreichen, der sie operieren werde.

Es kostete einige Mühe und Geduld, bis man die ruhige Stimme des Blumenthaler Chirurgen am Telephon hörte. Mein Name bedeutete ihm nichts, der Name Sprekkelsen um so mehr. Was ärztliche Kunst irgend vermöge, werde geschehen. Er stellte eine Reihe von sachlichen Fragen, die ich sachlich beantwortete.

»Sieht nicht gut aus«, sagte er.

»Also hoffnungslos?«

»Nicht ganz. Bitte sorgen Sie dafür, daß jede Vorsicht bei der Überführung beobachtet wird.«

»Jede.«

Als ich zurückkam, zog der Schrank mich beiseite. »Das mit der Lady genügt vollkommen«, sagte er.

»Wie meinen Sie das?«

»Braucht ja nicht noch einer fertig gemacht zu werden.«

»Ich verstehe immer noch nicht.«

»War ein unglücklicher Zufall. Sie ist ihm doch richtig ins Messer reingesprungen, wenn ich mich mal so ausdrücken soll. Keine Rede davon, daß er ihr was tun wollte.«

»Ihr nicht, aber mir.«

»Das kann ich nicht beweisen, und Sie auch nicht. Er hatte das Messer in der Hand, und da ist sie ihm reingesprungen. Eine Verkettung von unglücklichen Umständen. Mehr kann keiner von uns behaupten. Böse Absicht hat nicht vorgelegen, wenn ich mich mal so ausdrücken soll.«

»So.«

»Wir sind uns alle einig, daß keine böse Absicht vorgelegen hat. Und Sie konnten ja nichts sehen, weil es hinter Ihrem Rücken passiert ist. Das Unglück mit der Lady genügt vollkommen. Nur daß Sie im Bilde sind betreffs unserer gemeinschaftlichen Aussage. Sie sind also im Bilde.«

»Danke.«

Ich ging zu Silke und kniete neben ihr nieder. Auf der andern Seite kniete Margot, sah mich an und zog die Stirn in Falten. In Silkes Gesicht waren graue Schatten entstanden, um den Mund, unter den Augen und an den Schläfen.

Ich stützte mich über sie: »Bleib bei uns, Silke!« sagte ich leise und eindringlich. »Gib nicht auf! – Hörst du mich? – Du? – Hörst du mich?«

Ein Zucken ging über ihre Lippen. Und dann kam wieder das Hauchen: »Ganz... weit... weg...«

»Und wenn der Arzt dir hilft, mußt du mithelfen. – Bleib bei mir! – Bitte!«

»Weit... weg...« Sie sprach nur noch tonlos.

In der Ferne erklang ein Martinshorn. Es näherte sich schnell.

»Nicht ganz hoffnungslos«, hatte der Arzt gesagt.